나는
경계선지능
아이를
키우는
엄마입니다

느린학습자 청년들의 성장과 자립을 위한
부모들의 이야기

나는 경계선지능 아이를 키우는 엄마입니다

느린학습자시민회 기획

김선재·조미현·김미리·정혜경 지음

느린학습자 양육의 길을 만드는 앞선 걸음

이 책은 느린학습자 자녀를 가진 부모님들의 험난하고 치열하지만 아름다웠던 양육 과정을 담고 있습니다. 느린학습자란 'IQ 71~84까지에 해당하는 지능으로 인해 가정, 학교, 직장 등에서 적응에 어려움을 겪어 지원이 필요한 사람'을 뜻하는 경계선지능인의 다른 말입니다. 다시 말해 인지 기능의 문제로 사회 적응에 어려움을 겪지만 장애 판정은 받을 수 없는 사람들을 통칭하는 말이라고 할 수 있습니다.

느린학습자는 어려서부터 언어 발달이나 배우는 능력이 또래에 비해 늦다는 특성이 있습니다. 대부분의 사람과 달리 나이가 들면서 경험을 통해 저절로 알게 되는 지식의 양과 질이 절대적으로 부족합니다. 목적을 갖고 의도적으로 행동하는 목적 지향적 행동이 어렵고, 계획을 통한 문제 해결력이 부족하며, 하나의 문제에 대해서 여러 측면을 동시에 고려하지 못합니다. 그리고 융통성이 적고, 충동적이며, 필요한 정보들을 기억하거나 회상해내는 능력이 부족하기도 합니다. 핵심과 비핵심적인 내용을 구분하지 못한다는 경향도 있습니다. 이러한 부족은 학습, 대인관계, 직업 유지, 가족관계, 또래 등의 사회적 관계 유지를 어렵게 하여 사회부적응으로 이어지는 경우가 대부분입니다.

느린학습자가 경계선지능을 갖게 되는 원인은 유전과 양육 환경이 영향을 미치는 것으로 알려져 있습니다. 윌리엄스증후군, 터너증후군, 자폐스펙트럼, 뇌전증 등 유전병이나 질환의 증상으로 지능이 낮아져서 느린학습자가 되는 경우가 있습니다. 또 임신 중 태내 환경, 출산 과정에서 일시적 호흡곤란 등의 다양한 이유, 양육 과정에서 인지 발달이 늦어짐을 방임하거나 후천적으로 심리적 문제가 더해지면서 경계선지능 이하의 지능을 갖게 되는 경우도 많습니다. 유전이나 양육 환경의 한쪽, 혹은 둘 다가 원인이 되었는지를 확인해서 증상을 예측하고 적절한 개입을 계획하는 것이 중요합니다.

느린학습자가 잘 살아가기 위해서는 이상이 감지되어 진단을 받을 때에 지능검사를 포함하여 종합적인 심리적 상황을 잘 파악하고 이를 고려해서 적절한 도움을 줘야 합니다. 지능이 일반인 수준으로

회복되기는 어렵지만 더 낮아지진 않도록 힘써야 하고, 배우는 능력과 소통 능력을 키워서 사회 적응력을 높여야 합니다. 인지 기능의 어떤 부분에 지연이 있어서 학습과 소통에 어떻게 영향을 미치는지를 찾고 예측되는 어려움을 산정하여 이를 개선할 수 있는 지원을 지속적으로 행할 필요가 있습니다.

이러한 지원에는 전문가에 의한 심리치료, 학교에서 적응을 위한 지원, 느린학습자가 소속되는 모든 단체와 기관·사회집단에서 이들의 복지와 고용을 위한 지원, 궁극적으로는 느린학습자에 대한 국가의 종합적이고 적극적인 지원책이 포함됩니다. 정보산업 사회가 고도화될수록 출산 인구가 줄어들수록 느린학습자의 부적응 문제는 개인의 불행은 물론 심각한 사회적 불행으로 이어질 수 있습니다.

이 책에서 만나게 될 부모님들의 지난했던 양육 이야기들은 앞서 설명한 느린학습자의 모든 특성과 어려움을 세세히 증명해 보이고 있습니다. 정보도 없고 관련 도서도 많지 않아 어려움을 겪는다고 하시더니 결국 자신의 힘으로 이 책을 완성하신 것 같습니다. 부모님께서 참고할 수 있는 책 한 권 제대로 써내지 못하고 있는 제 입장에서는 사죄와 함께 깊은 감사를 드립니다.

어느 한 부모님의 말씀처럼 "제 인생을 갈아 넣었어요"라는 말에 저절로 고개가 끄덕여질 만큼 치열하고 지난했던 양육 과정, 그 과정

6

추천사

에서 얻은 아이의 성장과 변화를 따라가며 감정을 추스르느라 읽다가 멈추기를 반복했습니다. 이 책이 느린학습자 자녀를 둔 모든 가족 여러분이 마음을 나누고 공유하는 기회가 되고, 서로의 힘듦과 상처를 돌보고 치유하는 경험이 되며, 중요한 의사 결정에서 참고가 되는 교과서 같은 책이 되기를 기원합니다. 이해가 되니 숨통이 트였다는 책 속 어느 어머니의 말씀처럼 느린학습자를 이해하고 삶을 예측해서 잘 대비하게 하는 도서로서의 역할을 충실히 해낼 수 있을 것입니다.

이렇게 치열한 양육 이야기를 읽으며 미리 걱정하고 포기하는 부모님이 계시지 않기를 바랍니다. 책 속 주인공들의 학창 시절에 비해 지금은 느린학습자에 대한 지원과 인식이 훨씬 더 좋아졌고 법안 제정 등 정책 마련의 움직임도 커지고 있습니다. 우리가 함께 목소리를 내고 요구해 느린학습자가 더 잘 살 수 있는 세상을 만들 수 있음을 기억하고 느린학습자를 잘 키워내기 위한 작은 노력에 동참해주기를 감히 청해봅니다. 앞서간 사람의 발자국은 다음에 걸어갈 사람의 길이 된다는 서산대사의 말씀을 떠올리며 느린학습자 양육의 길을 터주신 부모님들께 다시 한번 감사와 축하를 전합니다.

- **박현숙**(경계선지능연구소 소장)

모른 척을 끝내고 함께 살아갈 세상을 꿈꾸며

2019년 처음 느린학습자와 부모님들을 뵈었을 때 느낀 감정은 당혹감이었습니다. 왜 몰랐을까? 그런데 좀 더 생각해보니 아닙니다. 솔직히 고백하면 제 삶에 그들이 존재하고 있었지만 적당히 무시하며 모른 척하고 살았을 뿐입니다.

다음으로 느낀 감정은 분노였습니다. 어떻게 사회 전체가 이들을 모른 척하고 있을까? 우리가 모른 척하면서 느린학습자는 평생 힘겹게 살아야 하고 부모님을 비롯한 가족은 모든 부담을 온전히 감당해야 했습니다. 이런 배경에서 어떤 부모님은 이런 가슴 아픈 이야기를 하기도 합니다. "내가 00이보다 하루만 더 살았으면 좋겠어요." 국민소득 3만 달러가 넘는 세계 10위의 경제 대국, 눈떠보니 선진국이 되었다는 대한민국이지만 주변에는 여전히 슬픈 말이 들립니다.

비교적 최근 들어 느린학습자에 대한 논의가 활발하게 진행되고 관련 입법과 정책도 생겨나고 있습니다. 어느 날 갑자기 이런 상황이 도래한 것일까요? 아시다시피 세상에 그냥 되는 일은 없습니다. 느린학습자가 사회적 의제로 부상하고 정치인과 행정이 움직이기 시작한 것은 이 책에 등장하는 용감한 부모님들 덕분입니다. 이 책을 함께한 부모님들, 나아가 사단법인 느린학습자시민회를 비롯해 느린학습자들의 권익 활동을 같이하는 부모님들은 용기 있는 분들입니다. 자녀들이 낙인찍힐 수 있다는 두려움, 먹고 사는 데 바쁘다는 이유 등으로 가정과 일상에 갇히지 않고 과감히 나와 '느린학습자가 있다, 우리도 대한민국 시민으로서 권리가 있다'고 외치면서 대한민국을 변화시키고 있습니다. 이들의 노력이 없었다면 우리는 오늘도 느린학습자를 모르거나 모른 척하고 살았을 겁니다.

이제 우리가 답할 차례입니다. 모른 척을 끝내고 느린학습자를 존중하며 함께 살아갈 세상을 이야기해야 합니다. 그럼 어떻게 해야 할까요? 아마 이 책에 답이 있을 것입니다. 모든 것에 앞서 관심이 필요합니다. 느린학습자, 그들의 부모님과 가족에게 관심을 부탁드립니다. 이 책에 참여한 많은 부모님께 다시금 축하를 드립니다. 이렇게 우리는 또 한 걸음을 내딛습니다.

- 이재경 (한신대학교 민주사회정책연구원 연구위원)

들꽃을 닮은 사람들이 피워낸 이야기

우리의 삶은 24시간 동일하게 주어진 시간과 숨 쉴 수 있는 공기 외에는 각자의 속도와 방향에 따라 언제나 변화무쌍합니다. 때로는 기다림의 미학이 필요한 순간이 주변에 많습니다. 찰나를 기다리지 못해 곳곳에 핀 풀꽃을 보지 못할 때도 있습니다.

여기 자세히, 오래 보아야 사랑스러운 사람들의 삶의 행보가 담긴 책이 탄생했습니다. 비슷하지만 다른, 각자가 내딛는 한 걸음 한 걸음이 만든 변주 속에서 예쁜 꽃망울을 터트리길 응원합니다.

들꽃을 닮은 사람들이 피워낸 이야기를 많은 분들이 접했으면 합니다.

- 오경옥(청소년지도사, 느린학습자 연구자, 청소년문화발전소 대표)

들어가는 글

2021년 4월 창립식 이후, 어느덧 4년이라는 시간이 지나가고 있습니다. 그사이 만난 각 지역 커뮤니티와 고충 상담으로도 해결할 수 없는 중첩된 어려움을 가지고 있는 학령기와 청년, 그리고 그 부모들을 만나 생애주기별 어려움을 경청하고, 위로와 정서적 지지 및 정보를 주고 자원만 연계하는 형태로 풀었습니다.

그러면서 '누가 힘들게 하는 거지? 언제 일어난 일이지? 어디서 겪었을까? 무엇을 도와주면 될까? 느린학습자와 부모들이 겪고 있는 어려움은 왜 생겼을까? 어떻게 도와주면 좋을까?' 등의 질문 속에서 살아왔고 앞으로도 살아갈 것이라 생각합니다.

이러한 질문들로 사단법인 느린학습자시민회가 내부에서 고민하는 사이, 외부에서 던진 질문 하나가 '느린학습자가 실제로 존재하는가?'였습니다. 느린학습자시민회는 고충 상담을 포함한 다양한 인식 개선 활동을 하고 있습니다. 하지만 역량 부족으로 그러한 활동이 충분하지 못했나봅니다. 느린학습자를 보이지 않는 유령이나 그림

자처럼 말하는 이 사회에 '느린학습자가 존재한다'라는 화답으로 대답하고자 부모들의 수기를 한데 모았습니다. 그들도 이 사회에 함께 '존재한다'라는 사실을 보여주고 싶었습니다.

느린학습자시민회가 운영하는 커뮤니티 중 부모들이 위로와 소통 및 지지로서 만나고 있는 청년 부모 커뮤니티가 있습니다. 그중 몇 분께서 용기 내주셔서 기획만 4개월, 집필 4개월을 더하여 총 8개월간 아낌없이 자신의 경험과 시간을 내어주셨습니다. 부모님들에게 감사드립니다.

다시 한번 청년들을 대신하여 용기 내주신 부모님들께 감사드리면서 청년 부모들의 경험을 읽기 쉽게 만져준, 제일 힘든 일을 자원활동으로 헌신해주신 김명호 선생님께 진심으로 감사 인사드립니다. 그리고 우리의 이야기를 출판할 수 있도록 제안해주신 정한책방에도 감사드립니다.

연대와 응원 및 지지로서 만들어간 우리의 이야기가 조금이나마 느린학습자를 양육하는 후배 부모들에게 도움이 되고 사회적 울림으로 돌아오길 바랍니다. 돌아보면 주변에 많이 있는 느린학습자들과 그 부모들에게 지치지 마시라는 말씀드리면서 청년 느린학습자들이 스스로 세상에 문을 두드려볼 그날을 기다리며 우리의 이야기를 시작하고자 합니다.

느린학습자 그 이야기의 시작을 차가운 시선이 아닌 다양성으로
바라보고 많은 응원과 지지 부탁드립니다.

느린학습자의 삶을 응원합니다!
느린학습자의 권리를 옹호합니다!!
느린학습자의 이름으로 만드는 사회적 변화!!

- 송연숙(사단법인 느린학습자시민회 이사장)

목차

1장

그래도 우리는 행복합니다
김선재

2장

행복으로 가는 속도는 얼마일까요?
조미현

1장

그래도 우리는 행복합니다

김 선 재

1

그 엄마

July는 언어 지능이 매우 낮다. 인간의 모든 사회활동은 언어로 이루어지기 때문에 그런 면에서 July는 이번 생에서 매우 나쁜 카드를 뽑은 셈이다.

"엄마, 내 성이 뭐야?"

후배 집에 놀러 간 아이가 느닷없이 전화해서 물었다. 아이는 중 3이었다. 이 뜬금없는 질문에 머릿속이 하얘졌다.

"성姓이 뭐냐니?"

"성 말이야, 이름 말할 때 그 성 있잖아."

"응."

"그런데 나는 왜 성이 없냐고?"

그제야 이해가 됐다. 우리나라는 성+이름이 주로 세 글자로 되어 있다. 김선재, 박민영, 최현수처럼. 그런데 하필 July는 양천 허씨라 이름이 외자다. 글자가 두 개밖에 안 되는 것이다.

"네가 왜 성이 없어. 너는 할아버지가 '허'가고 할아버지 아들인 아빠도 '허'가고, 아빠의 아들인 너도 '허'가야. 네가 아이를 낳으면 또 그 아이도 '허'가고…. 성이라는 건 대대로 이어져 내려오는 끈 같은 거야, 핏줄로 이어진. 그러니까 네 성은 '허'야."

"알았어."

나의 길고 장황한 설명이 지루했는지 아이의 전화가 뚝 끊어졌다. 전화기를 든 내 머릿속은 실타래가 얽히듯 복잡해졌다. 내가 제대로 설명한 건가? 아이가 알아듣긴 한 건가? 중3인데 성이 뭔지도 모른다니 이럴 수가 있나 등등 수많은 생각이 오갔다. 서둘러 사전을 찾아보았다.

성: 혈족을 나타내기 위하여 붙인 칭호. 주로 아버지와 자식 간에 대대로 계승된다.

대충 비슷하게 설명한 것 같긴 한데 아이가 제대로 알아들었을까 싶었다. 심란한 마음을 가까스로 추스르는데 다시 July의 전화가 왔다.

"엄마, 그런데 게임에 로그인이 안 돼."

"왜?"

"몰라. 성에 허를 넣고 이름에 허○을 썼는데 안 들어가져."

순간 가슴 위로 맷돌 하나가 쿵 떨어졌다. 중3인데 자신의 성과 이름을 구분하지 못하는 아이, 그것이 내 아이의 한계였다. 심호흡을 했다.

"July야, 다른 사람은 성 한 글자랑 이름 두 글자지만 너는 허씨라, 허씨는 성도 한 글자, 이름도 한 글자야. 그러니까 너는 성은 허, 이름은 ○ 이렇게 써야 해. 아빠도 성은 허, 이름은 @인 거야."

"알았어요."

냉큼 끊어진 전화가 다시 오지 않는 걸 보아 아이는 무사히 게임에 로그인을 한 것 같다. 겉보기에 밝고 명랑하고 귀여운 내 아이는 지적장애다. 다행히 지능지수는 낮지만 다른 기능이 매우 좋은 편이라 사람들이 잘 컸다고 말하면 나는 웃으며 말한다.

"제 인생을 갈아 넣었어요"라고. 농담이지만 농담이 아닌 진심이기도 하다. 그만큼 아이는 밝고 긍정적이라 겉보기엔 장애가 없어 보이지만 조금만 같이 생활해 보면 빈틈이 숭숭 뚫려 있다. 특히 언어장애가 심한 아이는 봄 다음에 오는 계절의 이름이 여름인 것을 잘 알지 못하고 가을이 지나면 겨울이라고 부르는 계절이 오는 것을 이해하지 못한다.

시간에 대한 개념도 아이에게는 어려운 문제 중 하나다. 왜 하루는 24시간으로 이루어졌으며 한 시간을 왜 60분으로 나누는지, 1년은 왜 12개월인지, 한 달은 왜 30일이었다가 31일이었다가 하는 식으로 제멋대로인지! 사람들이 별 어려움 없이 받아들이는 것을 아이는 이해하지 못한다. 물을 때마다 틀리니 요즘은 나의 정신 건강을 위해 묻지 않는다. 내가 화낸다고 달라질 것이 없기 때문이다. 그나마 이렇게 말로 설명할 수 있는 것은 10번, 20번, 30번, 100번을 반복해서라도 외우게 할 수 있으니 낫다.

July에게 가장 어려운 것은 '분위기 파악'이다. 인간의 모든 활동은 소통을 전제로 하는데 인간은 소통을 위해서 말뿐만 아니라 무언의 의사표시를 많이 한다. 표정, 간단한 감탄사나 지시어, 기호, 생략과 상징, 기타 등. 하지만 언어 지능이 낮은 아이는 자신의 감정을 표현하는 것도 서툴지만 남의 감정을 읽는 데 매우 어려움을 느낀다.

말도 어려운데 말이 아닌 다른 표현을 읽어야 하는 것은 July에겐 난이도가 높은 허들 경기다. 당연하게도 수시로 이해할 수 없는 장애물에 걸리고 넘어지고 자빠질 수밖에 없다. 남들이 말로 표현하는 것을 다 이해하지 못하는 상태에서 미묘한 손짓, 발짓, 눈짓 같은 수수께끼까지 더해지니 아이는 한순간 아웃사이더가 된다. 남들이 웃을 때 함께 웃지 못하고 남들이 울 때 왜 우는지를 모르니 오해를 산다. 아이는 몰라서 가만히 있는 것인데 주변 사람들은 눈치 없는 놈 혹은 공감력 없는 애라 생각해서 왕따가 되거나 열외가 된다.

July를 키우기 전까지는 남들 웃을 때 웃고 남들이 울 때 울 수 있는 것이 얼마나 뛰어난 능력인지 전혀 알지 못했다. 우리는 꼭 말로 하지 않아도 이심전심 통하는 사람을 최고의 벗으로 생각한다. 하지만 July에겐 그 '이심전심'의 기능이 없다.

오래전부터 알았지만 이상하게도 대화를 나눌 기회가 없었던 한 아이 엄마와 긴 통화를 한 적이 있다. 이야기하다 우연히 July 이야기를 했더니 그 엄마가 한숨을 푹 내쉬며 "우리 애도 그래요" 했다. 그 집 아이는 언어력이 뛰어나 선뜻 믿기지 않았지만 그렇게 시작된 이야기는 오랜만에 내 속을 뻥 뚫어주었다. July에게 느꼈던 답답함을 처음 공감받는 기분이어서 이야기가 끝도 없이 이어졌다. 전화를 끊기 전 그 엄마가 말했다.

"가끔 정말 힘들 땐 이렇게 푸념해요. 차라리 눈에 보이는 장애면 사회의 보호라도 받을 텐데 남들 보기엔 멀쩡해 보여서 내가 애 잡는 것처럼 보인다니까요. 분명히 문제가 있는데 비장애 애들 속도에 맞춰야 하니 평생 숨이 끊어져라 뛰어야 겨우 꼴찌로 숨넘어가게 따라

가는 거잖아요."

내가 좌절감을 느끼던 그 지점을 그 엄마가 정확하게 표현하고 있었다.

"아이 때문에 내가 전국 방방곡곡 곡〔못〕을 안 한 데가 없어요. 전국 곳곳에 깃발을 꽂으래도 꽂는다니까요."

"그래도 좋은 지능으로 태어나서 사회악이 되는 사람보다 부족해도 착하고 더딘 우리 애들이 낫죠. 우리 애들은 절대 사기꾼은 못 되잖아요. 남을 속여 먹을 수가 없으니."

다행이라고 위로를 삼아야 할지 평생 이렇게 살아갈 아이를 생각하며 울어야 할지 씁쓸한 마음으로 울다가 웃다가 했다.

"아니에요. 남들보다 열 번, 스무 번 반복해야 하니 힘들긴 하지만 절대 안 되는 건 아니니까. 분명 때가 되면 제 몫 제대로 할 거예요."

애써 서로를 위로한 뒤 예쁜 아이들 잘 키우자고 다짐하며 전화를 끊었다. 그게 벌써 15년 전이다.

그 아이 생일이 6월이었으니 June이라고 하자. June은 July와 달리 동작 지능이 낮았다. June의 어머니는 어린이집에서 June이 다른 아이들과 다르다는 걸 빠르게 눈치챘다고 했다. 다른 아이들은 선생님 말에 반응이 빠르고 집중하는데 June만 다른 곳을 보고 잘 따라 하지 못했다는 것이다. 그래서 June이 세 살 때 지능검사를 받았고 경계선지능 판정을 받아 전국에 실력 좋다는 언어치료, 운동치료 선생님을 찾아다녔다고 했다. 경제적으로도 여유 있고 젊고 똑똑했던 엄마는 "전국 방방곡곡 안 다닌 데 없고 아이에게 필요하다는 교육을 위해 안 만난 선생님이 없었다"고 할 정도로 공을 들였다고 한다. 그래서인지 언어력은 July보다 매우 좋았다.

June과 July는 대안학교에 다녔는데 방학 중에는 셔틀버스가 운행되지 않았다. 서울에 살던 June은 방학 특강일 때 우리 집에 와서 July와 함께 자고 버스를 타고 다녔다. 미인가 대안학교라 방학 때는 검정고시를 위한 특강이 있었다. 어느 날 학교를 다녀온 두 아이에게 밥을 차려주는데 July가 불쑥, "엄마, 우리 MT 간대요" 했다.

"어디로?"

"스키장에 간대요!"

"어느 스키장?"

"몰라요."

"언제?"

"몰라요! 그런데 번지점프 한대요, 난 무서워서 싫은데."

"July, 언제 어디로 가는지 알아야 엄마가 MT 준비를 하지."

July의 문제점은 상대방 말을 잘 듣지 않고 자기가 하고 싶은 말만 한다는 것이다. 중3인데 여전히 자기에게 인상적이거나 충격적인 것만 기억할 뿐. 시간과 날짜, 장소 개념이 희박한 July에게 분별심이 솟구치는 순간이다. 거기에 고구마 줄거리처럼 줄줄이 따라 올라오는 '시간당 7만 원짜리 언어치료를 일주일에 2번씩이나 받은 지 몇 년인데 달라지는 게 없으니 원…' 하는 본전 생각까지 부글부글 끓어오른다.

"이번 주 토요일 10시에 지하철역 주차장에서 만나 용평에 있는 스키장에 갈 거예요. 일단 숙소는 용평에 있는 교장 선생님 별장으로 정했는데요. 거기를 오래 비워놔서 가보고 상황이 안 좋으면 펜션 얻기로 했어요. 비수기라 펜션이 있을 거래요."

'헐, 도대체 이 아이 어디가 문제라는 거지? 나보다 조리 있게 말을 잘하는데!'

나는 너무나 똑 부러진 June의 설명에 'June의 엄마야말로 너무 호들갑 떨며 애를 평가절하한 것 아닌가, 손이 귀한 집 자식이라더니 기대치가 너무 높아 이 정도 똑똑한 걸로는 만족이 안 돼서 괜한 하소연에 휘둘린 거 아니야?' 하는 배신감이 느껴졌다.

언어 지능이 낮아서 그런지 July의 학습 성취도가 매우 낮다 보니 나나 남편은 아이에게 늘 몸 쓰는 즐거움에 대해 말했다. 다행히 할아버지가 대목장이라 할아버지가 짓는 사찰을 자주 방문하고 전에 지은 사찰을 둘러보기도 하면서 말했다.

"야, 아무리 똑똑한 대학교수도 65세면 정년퇴직하지만 할아버지처럼 기술이 있으면 80세까지 건강하게 일할 수 있어. 지금도 우리 집에서 제일 부자는 할아버지야. 나는 우리 July가 할아버지처럼 몸 쓰면서 일하는 사람이 되면 좋을 것 같아."

그때까지만 해도 남들보다 작고 여리여리하던 아이의 체력을 위해 남편은 틈나는 대로 데리고 나가 자전거를 탔다. 자전거를 타기 시작하면 기본 70~100킬로미터를 타는 아빠의 체력에 맞추고 매번 새로운 길을 탐색하는 아빠를 따라다니다 보니 아이는 다녀올 때마다 파김치가 되었지만 나는 '애썼다, 멋지다'고 응원만 할 뿐 투정하는 아이의 마음에 휘둘리지 않았다.

주중에 그렇게 퇴근한 아빠랑 야간 라이딩을 하고 주말에는 최대한 많이 가족여행을 통해 다양한 경험을 쌓게 했다. 언어 지능이 약해서 문자로 하는 수업보다 가능하면 몸으로 하는 교육을 시키기 위해 언어치료, 사회성치료와 함께 도자기 수업도 5년 넘게 시켰다. 시간당 비싼 돈 주고 사회성 치료를 받던 때라 가족여행을 갈 때는 July의 친구와 동행했다. July가 외동이라 형제가 있는 다른 아이에 비해 사회성이 더 떨어지는 게 아닌가 싶어서였다. 다른 아이들은 또래 형제자매와 싸우든 타협하든 뭔가 해결하는 연습을 하는데 July는 부모하고만 있다 보니 떼쓰거나 배려받는 데 익숙해질까 걱정됐기 때문이다. 1박 2일, 2박 3일 내내 또래와 부딪치는 것 자체가 July에겐 가장 필요한 사회성 교육이었다. 그때 제일 많이 동행한 것이 June이었다.

대화와 소통이 어려운 July에 비해 언어능력이 좋아서 나의 부러움을 샀던 June은 동작 지능이 낮다고 했다. 무슨 소린가 싶어 주말여행 동안 눈여겨 지켜보았다. 중3인데 June은 스스로 운동화 끈을 매지 못했고 음료수 컵 안에 정확하게 음료수를 따르지 못해 흘렸다. 소근육 발달이 늦어서인지 글씨가 워낙 크고 느려서 지켜보기 답답했다. 언어 지능이 조금 높다고 해도 말이 조금 더 매끄러운 것 뿐이지 문해력과 이해력이 깊은 것과는 달랐다.

"전국 방방곡곡 훌륭하다는 운동치료 선생님만 찾아다니며 세 살부터 초등학교 내내 다녀서 그 정도예요."

June 엄마의 한숨이 이해가 됐다. 언어치료도 세 살부터 10년 넘게 다녀 겉보기엔 유창하게 말하는 것 같지만 조금만 깊이 있는 이야기를 하거나 추상적인 어휘가 나오면 이해 못 하긴 마찬가지라 했다. 하긴 우리 July도 언어 지능에 비해 동작 지능이 좀 낮다는 것이지 비슷한 과정을 5년 연습시킨 아이들에 비해 도자기 작품의 완성도는 그리 높지 않았다.

그나마 June이나 July에게는 그 비싼 치료 수업을 감당할 수 있는 부모의 경제력과 열정이 있었다. 비슷하게 태어난 다른 아이들 중 상당수는 필요한 교육을 제때 받지 못할 텐데. 이러한 아이들은 지속적인 치료 수업을 받지 못하면 곧바로 훅 퇴행한다. 오죽하면 나는 농담처럼 "July는 다른 애들 대학 두 번 갈 교육비가 들었어요" 하고 말한다. 한때 그럭저럭 잘 나가던 나는 경력을 거의 접다시피 하고 아이의 치료와 교육에 올인했고, 남편은 다행히 자영업자여서 수시로 아이의 사회성을 좋게 하는 다양한 운동을 함께할 수 있었다. 그렇게 우리의 시간과 노력, 정성을 듬뿍 받은 아이는 몸과 마음이 건강한 육체노동자로 성실하게 살아가고 있다.

하지만 June은 여건이 여의치 않았다. 워낙 귀한 자손이다 보니 행여 아이의 장애가 드러날까 봐 비싼 수업료를 내고 개인 교습 위주로 치료를 받았고, 오랜 치료와 장애 정도를 통해서 장애 등록을 하고 싶었지만 시댁과 남편의 반대로 시기를 놓쳤던 것이다.

June은 비장애인으로 사회생활을 시작했다. 처음에 친척이 하는 가게 알바일 때는 그나마 무난히 적응했다고 한다. 그분이 아이의 특성을 잘 아시고 여러 번 반복해서 가르쳐 일에 익숙해질 때까지 기다려줬기 때문이다. 하지만 가게가 폐업하면서 문제가 생겼다. 언어력이 좋아도 이해도가 좋은 것은 아니기에 난이도 있는 일은 불가능했고 단순 제조업 공장에 취업했지만 동작 지능이 낮다 보니 작업 속도나 정교한 작업이 어렵다고 했다.

공장 라인에 들어가서 속도를 맞춰야 하는데 다른 사람들 10개 할 때 3~4개밖에 못 하니 자주 라인이 엉키는 일이 생겼다. 언어 지능이 나아서 말은 멀쩡하게 하는데 일은 엉성한 June을 이해할 수 있는 사람은 많지 않았다. 그렇다고 장애 등록이 된 것도 아니니 회사 차원에서 June을 끝까지 데리고 가기는 어려웠던 것 같다. 그런 일이 두세 번 반복되면서 June의 분노와 상처가 커졌다고 한다.

비슷한 시기에 취업한 July도 속도를 요구하는 회사에서 결국 정규직이 되지 못했다. 그나마 영세한 플라스틱 공장에서 일이 많지 않아 조금 느리게 몇 달을 버틸 수 있었다. 그렇게 5개월쯤 지나 일에 익숙해지면서 사장의 신임을 받았다. 불안도가 높아서 남들보다 30분 먼저 출근하고, 다른 사람들은 쉽게 싫증 내는 단순 동작 반복을 오히려 편해하는 아이의 특성 덕분이었다.

젊은 아이들은 월급 몇 푼 차이에도 쉽게 이직하는데 지각이나 결근 없이 성실하니 영세한 단순 제조업 사장으로서는 July가 마음에 들었던 것 같다. 하지만 워낙 영세한 업체이다 보니 자주 임금을 체불하고 회사가 너무 외진 곳에 있어서 운전을 못 하는 July에겐 출퇴근이 매우 어려웠다. 결국 1년 만에 퇴사하게 됐다. 그 후 아이는 여기저기 비정규직 최저임금 노동자로 건강하게 잘 지내고 있다.

오랜만에 통화한 June의 엄마가 울먹였다. 지난 15년 언제나 씩씩하고 열정적이던 그 엄마는 아이의 사회생활 앞에서 흔들렸다. 비장애 청년에 비해 30퍼센트 부족한, 하지만 아예 안 되는 것이 아니라 5~10번 정도 반복해주며 몇 달만 기다려주면 스스로 설 수 있는 아이들을 품어줄 여유가 없는 "빨리빨리 사회" 속에서 30년 가까이 헌신하고 노력해온 그녀가 울고 있었다.

　그 엄마는 바로 나였고 세상의 속도를 따라가지 못하는 수많은 느린 아이들을 키우는 모든 엄마였다. 전화를 받으며 나도 울었다. 그동안 아이들에게 갈아 넣은 세월과 마지막 눈을 감으면서도 놓을 수 없는 아이들의 미래를 생각하며 우리는 전화기 저 너머에서 울었다.

2

나는 새엄마입니다

"엄마는 왜 새엄마예요?"

"응? 무슨 소리야?"

"사람들이 왜 엄마를 새bird엄마라고 하냐고요? 개엄마나 소엄마
도 있어요?"

아이와 언어 치료하러 가던 중이었다. 느닷없는 질문에 무슨 뜻
인지 몰라 되물었던 나는 '픽' 하고 웃음이 터졌다. 다시 생각해도 너
무 웃기고 재밌어서 "하하하" 한참을 웃었다.

"새엄마는 날아다니는 새가 아니고 새 신발, 새 옷처럼 새로 생긴
엄마란 뜻이야. July에겐 오래된 친엄마가 있고 나는 July에게 새로
생긴 엄마라 그렇게 불러."

"아아."

아이도 그제야 이해한 듯 환하게 웃었다.

July를 처음 만난 건 아이가 초등학교 4학년 때였다. 아이는 체구가 작아 유치원생만 했고 아토피가 심해 온몸이 긁은 자국투성이였다.

"안녕, 네가 July구나. 나는 네 새엄마야. 아줌마라고 불러도 돼."

잠시 머뭇거리던 아이가 나랑 눈을 마주치지 않은 채 "그냥 엄마라고 할게요"라고 했다. 쿨한 건가. 저 나이면 속된 말로 알 것 다 알아서 새엄마에 대한 거부감이 엄청나게 클 텐데, 이 반응은 뭐지? 아이의 적대감을 어느 정도 예상하고 나름 긴장했던 나만 머쓱해졌다.

비록 결혼해서 내 아이를 키워 본 적은 없지만 직장 다니는 언니들을 위해 조카들을 돌본 적이 있고 어린이 영어 교실부터 중고등학교 입시 학원 영어 강사로, 과외 선생으로 나름 아이들을 많이 접해 본 나였지만 다른 아이와 다른 뭔가가 있었다. 내가 가르친 아이들 중 반에서 늘 꼴찌였던 아이도 있었는데 그 아이와도 달랐다. 공부를 잘하고 못하고가 아닌 미묘하게 다른 이 느낌은 뭐지? 적대감도 아니고 무시도 아닌데 뭔가 미묘한 이 느낌은?

"고마워. 난 선재라고 해. 네 이름은 뭐야?"

"난 공부 못해요."

"공부 못할 수도 있지. 이름 안 알려줄 거야?"

"진짜 공부 못하는데…."

"괜찮아. 반갑다, 잘 지내보자."

'이게 지금 대화가 제대로 되고 있는 건가?' 내 질문과 한 박자씩 엇나가는 답변에 떨떠름했지만 긴장해서 그런가 보다 했다. 아이는 악수를 청하는 내 손을 보더니 그냥 스윽 위층으로 올라갔다. 여전히 시선을 마주치지 않았다. 그때 집 구조는 복층 스타일이라 아이의 방은 2층에 있었다.

"집 구경 시켜줄까? 네 방 보여줄게."

아이를 따라가 아이 방과 내 작업방, 안방을 보여줬다. 아이의 표정은 기쁨도 호기심도 없는 무표정에 가까웠다. 뭘까, 이 쎄한 느낌은? 내가 그 찜찜함을 말하자 July 아빠는 '아이가 공부를 못해서 그렇지 착하고 순하다고, 낯설고 서먹해서 그러니 너무 걱정하지 마라'고 했다. 착하고 순하고 그런 문제가 아닌데, 뭔가 좀 이상한데? 그러나 딱 집어 말할 수 없는 그 뭔가(?)를 자꾸 말하면 자칫 새엄마라 공연히 아이를 꼬투리 잡는 것 아니냐고 할 것 같아 더 이상의 말을 안으로 삼켰다. 그렇게 아이와 처음 만났다.

침대나 침구, 책상 따위는 샀지만 교과서도 없고 해서 July 아빠가 아이가 다니던 학교에 가서 사물함에 있던 책과 노트, 학용품들을 받아왔다. 아이의 말대로 공부를 엄청 싫어하는지 노트에는 필기도 없고 게임 캐릭터를 그린 듯한 그림만 가득했다. 개학이 얼마 남지 않은 상황이라 간단하게 아이의 학습 능력을 테스트해 보았다. 한 자릿수 덧셈, 뺄셈이 가까스로 되었다. 두 자릿수 덧셈, 뺄셈이 안 되었고 구구단은 전혀 외우지 못했다. 한글도 받침이 없는 '가, 나, 다, 라'처럼 쉬운 글을 읽기는 했지만 쓰기가 거의 되지 않았다. 영어는 알파벳이 되지 않았다.

'원래 이런 건가? 초등학교 4학년의 학습 능력이 어느 정도여야 하는 거지?'

실감이 되지 않았다. 생각해 보니 조카들 가르친 지가 너무 오래 전이라. 그리고 보습학원을 마친 지가 너무 오래 전이라 초등학교 4학년 수준이 어떠해야 하는지 전혀 생각나지 않았다. 하지만 아이의 교과서를 펼쳐보는 순간 나도 모르게 깊은 한숨이 나왔다. July 아빠는 첼로와 골프 등 예체능 중심으로 공부를 시켜서 그런 것이라 했다. 그래도 한글은 떼었어야지! 싶었지만 그 말도 안으로 삼켰다. 덧셈, 뺄셈, 구구단은 외워야 가게에 가서 물건을 사고 거스름돈을 받아올 텐데… 커다란 알사탕이 목에 걸린 듯 숨이 컥 막혔다.

조카들 공부를 돌봐주고 학원 선생을 오래 했지만 엄마라는 책임감의 무게는 달랐다. 어디서부터 시작해야 할지, 아이를 가장 잘 아는 남편과 상의하며 고민을 시작했다. 일단 간단하고 쉬운 한글을 알고 있으니 아는 글자를 바탕으로 읽을 수 있는 글자 수를 늘려가 보기로 했다. 아이는 11살이지만 내가 초보 엄마인지라 주변에 도움 받을 수 있는 사람을 찾았다. 다행히 어린이 도서관 선생님인 친구의 조언으로 도서관과 초등학교 5분 거리에 집을 구했다.

아이의 손을 잡고 도서관으로 향했다. 개학이 얼마 남지 않아 마음이 급했다. 이대로 학교에 가면 아이들에게 무시당하기 딱이었다. 한글이라도 가르쳐 보내야 하는데 나의 조급한 마음과 달리 공부는 느리고 더뎠다.

일단 아이가 아는 글자가 많은 3~4세용 그림책으로 시작했다. 그림은 한 바닥 가득하고 한글은 최대한 적은 책을 골랐다. 기껏해야 '아파~!!!', '우리 집?', '학교', '엄마', '좋아!', '싫어!', '강아지야 놀자' 같은 표현이 한 쪽에 한두 개 들어 있는데도 아이는 집중하지 못했고 쉽게 싫증을 냈다.

아이는 공부만 시작하려면 화장실에 가거나 배나 머리가 아프다고 했다. 달래고 어르고 야단도 치다 보니 30분 공부하기 위해 두 시간 이상 실랑이를 벌였다. 그렇게 한 시간이 지나면 나도 지치고 아이도 지쳤다. 그러면 아이는 곧바로 게임과 TV 애니메이션으로 도망

첫다. 수도 없이 규칙을 정하고 바꾸고 또 설득하길 반복하는 사이, 한글은 절반도 못 뗐었는데 개학이 다가왔다.

개학 며칠 전, 교무실로 연락해 담임선생님이 출근하시는 날에 맞춰 미리 면담을 신청했다. July의 특수한⑴ 가정환경을 솔직히 말씀드리고 아이의 학습 상태도 알려드렸다. 그리고 아이가 많이 느리고 학습이 거의 안 되어 있지만 집에서 최대한 열심히 가르쳐볼 테니 학습보다 친구들과 원만하게 지낼 수 있도록 도와달라고 부탁드렸다. 내가 초보 엄마라 학교 생활을 어찌 도와야 하는지 모르니 뭐든 필요한 게 있으면 언제든 연락 달라고 했다. 선생님으로서는 참 달갑지 않은 전학생이었을 것 같았다.

July의 학교 생활은 예상한 대로 엉망이었다. 수업이 끝나면 거의 매일 선생님께 아이의 하루가 어땠는지 문자를 드렸다. 아이는 수업 시간 내내 엎드려 잠만 잤다고 했다. 친구들하고는 한마디도 하지 않는다고도 했다.

"제가 어떻게 도와야 할까요?"

공부는 못해도 상관없으니 친구들이랑 어울려 놀기만 해도 좋으련만 아이는 그것도 되지 않았다. 하긴 집에서도 3~4세 어린아이처럼 덥다고 속옷도 안 입고 아기처럼 기어다니며 노는데 어떤 11살

먹은 아이가 거기에 맞춰 놀아줄까 싶었다.

"아토피라 열이 많아서 그래."

남편은 별일 아니라고 했지만 내 생각은 달랐다. 당시 두 살이던 여자 조카는 사람들 앞에서 기저귀를 갈아주려 하면 "아이 창피해" 하면서 거부했다. 남자아이니까 좀 늦다고 해도 다섯 살이 넘으면 남들 시선을 의식해야 하는데 July에겐 그런 인식이 없어 보였다.

July 아빠와 심각한 대화가 이어졌다.

"공부를 잘하고 못하고가 아니야. 아이가 11살에 맞게 주변을 인식해야 하는데 그게 안 되는 것 같아. 그러니 친구 맺기가 되겠어? 전문가의 도움을 받자."

어린이 도서관 선생님인 친구에게 추천받아 소아정신과를 찾아갔다. July의 검사 결과는 매우 안 좋았다. 인지 지능은 장애였고 정서적, 심리적, 학습 장애가 심했으며 사회성도 심각한 상태였다.

"지능이 좋아지진 않지만 심리적으로 안정되면 사회성이나 학습에는 도움이 될 수 있어요."

의사의 조언대로 곧바로 언어 치료와 사회성 치료, 약물 치료를 병행했다. 선생님께 말씀드려 일주일에 두 번, 특별활동 대신 병원에 다니기 시작했다. 어차피 학교에 있어도 책상에 엎드려 잠만 자기 때문에 수업의 의미가 없었다.

오랜 기간 이어진 병원 진료는 사실 July보다 내게 더 도움이 컸다. 일주일에 두 번 치료받으러 가서 놀이 치료 한 시간, 사회성 치료 한 시간, 총 두 시간을 받았다. 45분 수업 후 5분 정도 보호자 면담이 있었다. 일상에서 이해되지 않는 July의 행동에 내가 어떻게 아이와 대화해야 하는지를 질문했다. 아이가 하는 말을 이해하기 어렵고 조금만 상황이 복잡하면 '몰라요!' 하고 입을 다물어 버리는 July 때문에 속이 터지다 못해 폭발할 것 같았기 때문이다. 한 달에 한 번은 아이 없이 보호자 상담이 있었는데 이런 날은 노다지 같았다. 한 달 동안 이해되지 않았던 것, 당혹스러웠던 것, 난감했던 것 기타 등등을 꼼꼼히 메모하고 정리했다가 봇물 터지듯 질문하곤 했다.

상담 선생님께서 July와 한 달 동안 수업하며 좀 나아진 것, 앞으로 더 개선해야 할 것 등을 알려주면 잘 받아 적었다가 최대한 잘해보려고 노력했다. 전문가의 해석 덕분에 아이를 이해하니 숨통이 트였다. 자신의 억울함이나 속상함을 전달할 수 없는 저 아이 심정은 어떨까 싶어 처음으로 아이가 짠하고 안쓰러웠다. 아이는 11살이지만 나는 쌩초보 엄마라 아이와 어찌 소통해야 하는지, 아이의 상황이 어떤지 전혀 이해할 수 없어 불안과 두려움이 컸는데 아이가 일부러 날 괴롭히려 그러는 게 아니라 인지 장애 때문에 그런 거라는 걸 알게 되니 그동안 오해했던 내가 미안하고 부끄러웠다.

아이와의 관계가 훨씬 부드럽고 편안해졌다. 비싼 치료비가 전혀 아깝지 않았다. 병원 진료가 없는 날은 어린이 도서관에 가서 3~4세용 그림책을 빌려와 함께 읽고 보고 쓰기를 연습했다. '학교'의 '교'와 '교실'의 '교'가 같은 글씨라는 걸 알려주는 데도 오랜 시간이 필요했다.

아이의 학습이 심하게 지체되다 보니 아이들은 July와 모둠 공부하는 걸 싫어했다. 어느 날 하교한 아이에게 간식을 주다 보니 아이의 손등이 샤프심으로 찍혀 있었다. 피가 났는지 검게 피가 엉겨 붙어 있었다.

"누가 이랬어?"

"몰라요."

"모르다니, 이렇게 손등에 피가 나도록 찔렀는데 누가 찔렀는지 몰라?"

"난 공부 못하니까 그래도 돼요."

"바보야? 공부 못한다고 막 때리고 찔러도 된다고 누가 그래?!"

나도 모르게 언성이 높아지자 아이는 눈을 피하더니 졸기 시작했다. July는 아토피라 밤에 깊은 잠을 못 자서 그런지 수시로 졸았다. 특히 공부하자고 책만 펴면 졸았는데 병원 상담을 받을 때 선생님께서 July의 회피기제가 잠이라고 알려주셨다. 아이는 난처하고 불편한 상황이 닥치면 무의식적으로 잠으로 회피한다고 했다. 그걸 몰랐을 때는 공부할 때 조는 July에게 화가 났는데 그걸 알게 되니 July가 말하고 싶지 않구나 하고 이해하게 되었다. 참을 인忍자 세 번이면 살인도 면한다지만 내가 보기엔 이해理解가 되면 용서 못 할 것이 없을 것 같았다.

차분하게 마음을 가라앉히고 선생님께 전화를 드렸다. 선생님께서는 금시초문이라는 듯 그러냐고 했다. 무슨 일인지 상황을 알고 싶다고, 같은 상황이 재발되지 않도록 잘 지켜봐 주십사하고 전화를 끊으려는데 선생님께서 'July가 수업시간에 엎드려 잠만 자고 모듬조에서 자기 과제를 못해오니 아이들이 같이 모듬조하기를 싫어한다'고 말씀하셨다. 가슴에 날카로운 못이 박히는 기분이었지만, 초보 엄마라 몰랐다, 모듬조 과제를 알려주시면 제가 준비해 보내겠다고 말씀드리고 전화를 끊었다. 기껏 아이가 학폭을 당한 사실을 알리러 전화한 내게 '니 아들이 못나서 학폭 당한 거야'라고 말하는 것 같아 마음이 찢어질 것 같았다.

다음날부터 아이 수업이 끝날 때가 되면 쓰던 원고를 멈추고 학교 앞에 가서 기다렸다. 아이들에게 'July에겐 든든한 엄마가 있다'는 걸 보여줘야겠다 싶었기 때문이다. 한 떼의 아이들이 조잘조잘 떠들며 나오는 틈에 끼어 July가 혼자서 터덜터덜 나왔다.

"July! 엄마야~!"

평소엔 원고 쓸 때 눈곱도 잘 안 떼고 살면서 깨끗이 화장하고 화사하게 차려입고 환하게 July에게 손을 흔들어 보였다. July 앞뒤에서 삼삼오오 나오던 아이들이 나와 July를 흘끔거리며 쳐다봤다.

"어머, 너희 July랑 같은 반이구나. 안녕, 난 July 엄마야, 반갑다."

나는 빈 가방이나 마찬가지인 July의 배낭을 받아 들며 아이들에게 반갑게 인사했다. 아이들이 살짝 경계하듯 나를 봤다. July도 어리둥절한 표정이었다.

"우리 July가 첼로랑 골프 배우느라고 공부를 좀 늦게 시작했어. 너희가 좀 도와줄래?"

"…."

아이들의 시큰둥한 반응에 기죽지 않고 밝게 말했다.

"모듬 숙제 아줌마에게 알려주면 맛난 거 사줄게. 우리 집은 저~기 저 집이니까 언제든 놀러와."

일부러 집이 코앞에 있어서 언제든 내가 달려올 수 있다는 것도 보여줬다. 아이들은 쭈뼛거리며 선뜻 다가오지 않았다. 거의 한 달 정도 매일 학교 앞에 가서 아이들과 낯을 익혔다. 이제 제법 몇몇 아이들 이름도 익혀서 반갑게 이름을 부르며 인사했다. 그 사이 선생님께 연락받고 모듬 과제를 꼬박꼬박 해서 보냈다. 그로부터 한 달

후, 아이들이 처음으로 하교하는 July를 따라 우리 집에 왔다. 솔직히 그렇게 와도 아이들이 거실에서 닌텐도를 하거나 컴퓨터 게임을 하는 동안 July는 혼자 애니메이션을 봤다. 여전히 또래의 눈높이에 맞추지 못하고 겉돌았지만 더 큰 학폭을 비켜가는 것만 해도 어디인가, 나는 그것만으로도 감사했다.

"어머니, 혹시 July가 집에 갔나요?"

주로 내가 전화하고 문자를 드리면 간간히 짧은 문자로만 답하던 선생님의 갑작스러운 전화에 당황했다.

"네, 수업 끝난 거 아닌가요?"

"아니요, 이동 수업이라 다른 교실 가서 수업해야 하는데 July가 없어져서요. 지난주에도 얘기했는데."

집에 와서 태평하게 TV 애니메이션을 보고 있는 July에게 왜 수업을 빼먹었냐고 물었다.

"어디로 가야 하는데요?"

"이동 수업은 무얼 선택했어?"

"그림요."

"같은 반 아이 중엔 그림반 가는 애가 없었어?"

"몰라요."

하긴 짝꿍 이름도 3개월째 모르고 담임선생님 이름도 모르는데 그림반에 가는 반 아이를 알 리가 없을 것이다. 담임선생님에게 다시 전화했다.

"그림반은 어느 교실로 가야 하나요?"

"2학년 3반 교실이에요."

"매주 수요일 몇 시부터 몇 시인가요?"

"1시부터 3시까지입니다."

"네, 다음 주부터는 제가 꼭 챙길게요."

매주 수요일에 책 한 권을 들고 12시 50분까지 July의 교실로 갔다. 가서 아이를 2학년 3반 교실에 데려다주면서 같은 반 아이가 있나 살펴보았다. 한두 명 있었지만 자기들끼리 몰려다니고 있어서 July를 끼워넣기가 쉽지 않았다. 이동 수업이 끝날 때까지 교실 밖에서 책을 보며 기다렸다. 2~3주 더 매주 수요일 오후에 반복해서 학교로 갔다. 어느 날 한 아이가 말했다.

"다음 주부턴 제가 July랑 같이 갈게요. 그만 오셔도 돼요."

스스로 그런 생각을 한 것인지, 담임선생님이 부탁한 것인지 잘 모르겠지만 고맙다고 했다. 그다음 주 수요일엔 학교에 가지 않았다. 대신 하교한 July에게 어땠냐고 물었다.

"괜찮았어요. 친구들이랑 그림 수업 교실로 갔어요."

"이동 수업은 어때?"

"몰라요. 그런데 애들이 잘해줘요."

아마도 낯선 교실에 같은 반 아이들이 2~3명밖에 없다 보니 같은 반 아이들끼리 뭉쳐 지내나보다. July가 공부를 못한다는 걸 아는 아이도 많지 않고. July는 처음으로 '수업이 그럭저럭 할 만하다'고 했다. 그것으로 충분히 감사했다.

'아무래도 공부를 너무 못하면 스스로도 기죽지 않을까?'

July는 중간고사에 이름만 쓰고 백지를 냈다고 했다. 아마도 3학년까지는 시험이 없었던 것 같고 4학년 첫 학기 끝날 무렵 나에게 왔기 때문에 그 전에 어땠는지 정확히 알기가 어려웠다. 아무튼 시험 첫날 백지 시험지를 내고 온 모양이다. 그도 그럴 것이 구구단도 겨우 2단을 뗀 상태였고 한글도 다 숙지하지 못했는데 4학년 시험을 보는 건 무리였다. 그래도 계속 백지를 내면 안 될 것 같았다.

"학급의 일원인데 할 수 있는 만큼 노력하는 자세를 가르쳐보자."

남편과 상의해서 다음 날 볼 시험과목 문제지를 펼쳤다. 하필이면 과학이었다. 쭈욱 훑어보고 그중 가장 쉬운 문제 3개를 골랐다.

"엄마가 대학교 선생님이었던 거 알지? (사실은 시간 강사였지만) 분명히 이 세 문제 중 하나는 나올 거야. 이걸 그냥 달달 외워보자."

아이가 학교에서 돌아온 낮 12시부터 아이가 10시에 잠들 때까지 밥 먹고 잠시 쉬는 시간 빼고 7시간 동안 세 문제를 수도 없이 반복해서 풀었다. 4지 선다형의 가장 단순한 암기 문제여서 나중에는 아이의 팔뚝을 치면 저절로 답이 나올 만큼 외웠다.

그리고 다음날, 대망의 과학 시험이 있었다. July는 별로 자신이 없는 모습으로 학교로 향했다. 자신 없어 보이는 아이를 보내자니 공연한 짓을 해서 오히려 더 좌절감을 느끼게 되는 거 아닌가 걱정이 됐다. 그날 점심 무렵, 남편이 학교에 갈 일이 있었다. 그도 내심 걱정이 됐는지 교무실에서 선생님을 잠깐 뵙고 July의 교실에 들렀더니 July가 신이 나서 "아빠, 나 한 개 맞았어!!!" 하며 활짝 웃었단다. 감격한 남편이 아이를 번쩍 안고 한 바퀴 돌았더니 같은 반 아이들이 모두 실소를 했단다.

"야, 니네 아빠 정말 이상해. 내가 과학 한 개 맞았으면 우리 집에선 큰일 났어."

반 아이들이 그렇게 놀리거나 말거나 우리 집에선 엄청난 성공의 날이었다. 그 후 우린 July가 조금이라도 똑똑한 모습을 보면 "당연하지! 우리 July 과학 한 개나 맞은 사람이야!" 하고 추어주곤 했다.

그렇게 고군분투의 한 학기가 지나는 동안 은둔형 외톨이처럼 엎드려 아무하고도 소통하지 않던 July는 담임선생님의 이름도 외우고 짝꿍들과 모듬 과제로 크리스마스 축제도 준비했다. 아이가 뒤처지고 자기방어가 안 되는 만큼 나는 진짜로 '새엄마'bird-mom가 되어가고 있었다. 행여 누가 내 아이를 해칠까 봐 매의 눈으로 고공에서 July의 주변을 열심히 순찰하는 독수리 같은 엄마! 그렇게 내가 나의 시간을 갈아 넣는 만큼 아이는 조금씩 나아지고 있었다.

3

믿고 날지

"지능은 나아지지 않겠지만 심리적으로 안정되고 언어 치료를 꾸준히 받아 소통이 개선되면 일상생활을 하는 데는 지장이 없을 거예요."

의사의 진단은 너무나 정확했다. 우리 부부가 헌신적으로 애쓴 덕에 신체적, 정신적으로 건강해졌지만 지능의 변화는 거의 없었다. 가뜩이나 초등학교 고학년 학습도 따라가지 못했는데 중학교 과정은 언감생심 바라기가 어려웠다. 많은 고민과 상담 끝에 몇몇 학교의 면접을 한 뒤 남편의 직장 부근 대안학교로 진학을 결정했다. 이곳은 교장 선생님의 교육철학이 '인디언식 느린 학습'이라 아이에게 잘 맞을 것 같았다.

하지만 기대가 크면 실망이 큰 것일까? 어차피 공부는 기대하지 않았지만 친구들과 자유롭게 어울려 놀기라도 하라고 비싼(?) 수업료를 내며 대안학교에 보냈는데 아이는 여전히 친구들과 어울리지 못하고 겉돌았다. 아이들은 펑펑 놀리고 학부모는 빡세게 공부시키는 학교 교육에 맞춰 수시로 학부모 모임과 교육에 참가하기 위해 학교에 가면 다른 아이들이 축구할 때 벤치에 혼자 앉아 멍때리고, 다른 아이들이 축제 공연을 준비하느라 신나게 연습하는 동안 July는 책상에 엎드려 잠만 잤다.

학교에 갔다 오는 날은 공연히 본전 생각에 속에서 불이 났다. 가끔 학습 보조교사로 가거나 급식 당번을 해주러 갔다 오면 나도 모르게 기운이 빠지거나 만두 속처럼 속이 불어 터졌다. 문제는 내가 넌지시 그런 내색을 하면 다른 부모님들과 선생님은 'July가 상처받고 지쳤던 만큼 기다려줘야 한다. 스스로 딛고 일어설 때까지 지켜보며 기다려주는 게 부모의 내공'이라는 애정 어린 질책(?)을 했다. 자신의 초등학교 시절 추억이나 좋았던 일은 거의 기억하지 못하는 아이는 자신이 당한 학교 폭력과 상처를 가끔씩 끄집어내며 분노했다.

'그래, 얼마나 힘들었겠나. 섣부르게 간섭하지 말고 지켜보며 기다려주자.' 내 마음이 펄럭일 때마다 108배를 하며 마음을 잡아맸다. 그나마 대안학교 아이들은 다 자유로운 영혼이라 왕따나 학폭이 없었고 공부는 선택일 뿐 필수가 아니라고 생각해서인지 공부를 잘하고 못하냐에 크게 신경 쓰지 않는 분위기라 아이가 주눅 들지 않고 편하게 다니는 것만으로 위안을 삼았다.

그렇게 첫 1년이 갔다. 중학교 2학년 과정이 되면 아이들은 생활교사 선생님 두 분과 분교인 진안에 가서 자립생활을 했다. 당번을 정해서 스스로 밥해먹고 빨래부터 청소, 땔감 준비, 텃밭 농사를 직접 지어야 했다. 다만 한참 성장기인 만큼 영양 결핍을 우려해서 부모님이 돌아가며 일주일씩 생활 보조교사로 가서 점심만큼은 푸짐하게 잘 먹었다. 아침저녁은 당번인 아이들 몫이었고 생활 보조교사는 가서 점심밥만 할 뿐 일체 다른 일을 도와주면 안 된다는 규칙이었다. July는 처음 내려갔을 때 긴장과 불안이 컸는지 아토피가 엄청 심해져 돌아왔다. 아이가 너무 불안해하는 것 같아서 '힘들면 내년에 후배들과 가도 된다'고 말했다. 하지만 July는 그래도 1년 같이 생활한 동기들이 낫다고 생각했는지 좀 더 버텨보겠다고 했다.

나는 걱정이 돼서 일찌감치 생활교사를 신청했다. 가까이에서 지켜보는 July의 생활은 다른 아이들과 비교했을 때 너무 벅차 보였다. 두 명씩 짝이 되어 하는 식사 당번에서 July는 자신이 맡은 역할을 제대로 못 해서 벌칙을 여러 번 받았다. 애가 닳았다. 가뜩이나 진안 생활을 힘들어하는데 조금의 특혜도 주지 않는 선생님들이 섭섭하기도 했다. 믿고 기다려라, 부모가 먼저 무너지면 아이는 덩달아 주저 앉을 것이라는 다소 엄한 선생님 말씀에 울며 집으로 돌아왔다.

July가 힘든 진안 생활을 하는 동안 남편은 거의 진안에서 살다시 피 했다. 1년 동안 진안에 한 번도 안 온 아빠들도 많은데 July의 아 빠는 주말마다 '도시의 맛(?)'을 보여주겠다며 대형 마트에 가서 도넛 과 치킨을 몇 박스씩 싣고 갔다. 그리고 14명의 남자아이들과 목욕 도 하고 PC방도 가고 축구도 하다 왔다. 오죽하면 아이들이 '주중에 는 택배를 기다리고 주말에는 July 아빠를 기다린다'고 할 정도였고 주말에 다른 일정이 있어 못 가면 July는 연락이 없는데 아이들이 안 부 문자를 보내곤 했다.

그렇게 수시로 진안에 다닌 남편 덕에 July는 조금씩 탄탄해졌다. 덕분에 주행거리가 넘쳐 차를 폐차했지만 말이다. 남편은 주중엔 아 들에게 필요한 용품, 학교에 필요하다는 용품을 수시로 택배로 보내 줬다. 그런 애정 덕분인지 한 달이 가고, 두 달이 가고 석 달째가 되 니 아이가 조금씩 편안해하는 게 느껴졌다.

"괜찮아?"라고 물으니 "괜찮아요, 쬐금 재밌기도 해요"라고 했다. 울컥 뭔가 목이 메었다. 처음으로 한 고비를 넘긴 것 같은 안도가 밀 려왔다. 처음 3개월에 비해 나머지 7개월은 빠르게 지나갔다. 아이 들이 1년간의 진안 생활을 마칠 때는 가족을 모두 초대해서 '모두노래자랑'을 했다. 아이들이 준비한 장기자랑을 하는 시간이었다. 워낙 체험 위주의 학교라 거의 매달 축제와 행사가 있었고 아이들은 그때마다 밴드 연주와 연극, 댄스 등으로 넘쳐나는 끼를 마음껏 발산했는데, July는 지난 2년간 어떤 행사에도 참석하질 않았다. 내가 지나가는 말처럼 "너도 연극이라도 해보지 그래?"라고 권하기라도 하면 아이는 짜증을 냈다. 아이의 마음속에 어떤 상처와 두려움이 있는지 알 수 없으니 싫다 하면 그냥 잘 먹이고 좋은 말만 하며 기다릴 수밖에 없었다.

그렇게 2년이 지나가니 솔직히 학교 행사가 불편했다. 다른 아이들이 저마다 재능을 펼쳐 보이는 잔치에 July는 우리와 관중석에 앉아 딴짓을 하거나 박수만 치고 있었기 때문이다. 언어 치료를 받으면 뭐하나, 놀이 치료를 받으면 뭐하나. 도대체 나아지고 있긴 한 건가, 이렇게 평생 들러리만 서다 세월 다 보내는 거 아닌가. 그렇게 나는 서서히 지쳐가고 있었다. '도대체 언제까지 기다리라는 것인가?' 선생님이나 상담 선생님, 전문가들에게도 짜증이 나던 참이었다. 이번에도 아이는 혼자 구경꾼으로 남겠지? 1박 2일 가족 초대로 가서 모든 부모들이 아이가 좋아졌다고 감동하는데 나는 피곤하기만 했다.

드디어 1박 2일 행사의 마지막 하이라이트 '모두노래자랑'이 시작되었다. 오지에서 인터넷 없이 사는 아이들은 남아도는 시간 동안 영어 공부를 했다며 너나없이 멋지게 팝송을 부르거나 춤을 춰서 모든 학부모의 아낌없는 박수를 받았다. July는 성이 '허'인 관계로 14명 아이들 중 가장 마지막에 등장했다. 뭘 준비하긴 했을까? 걱정 반 기대 반으로 무대를 쳐다보고 있으니 아이가 무대에 올라 깜찍한 안무와 함께 '어머나'를 불렀다. 평소 자기 표현이 거의 없던 July가, 지난 2년간 늘 방관자였던 July가 귀엽고 앙증맞게 노래에 맞춰 춤을 추니 모두가 열광적으로 박수쳤다. 아마 BTS가 왔어도 그렇게 열렬한 박수는 받지 못했을 것이다. 그 감동 어린 첫 무대로 July는 심사위원 만장일치로 최우수상을 탔다. 그래봐야 장려상부터 최우수상까지 상품은 똑같은 사전 한 권이었지만 우리 부부는 눈물을 흘렸다. 지난 세월의 고단함이 한 방에 씻겨나가는 기분이었다. 나나 남편이나 인간관계가 다 단절될 만큼 오롯이 July의 학교에서 살다시피 시간과 노력을 갈아 넣었는데 그 노력이 처음으로 보상받은 기분이었다. 최우수상이 뭐라고 우리는 집으로 돌아오는 내내 '어머나'를 합창하며 웃었다.

3학년 여름방학 축제에서 July는 친구들에게 큰 선물을 받았다. 앞에서도 말했지만 July네 학교는 유난히 행사가 많았다. 모든 행사가 아이들 스스로 회의를 통해서 결정되는 것이었는데 모든 행사에 시큰둥하던 July가 '모두노래자랑' 이후 연극에 참여했다. 그래봤자 흥부의 10번째 아들 역이어서 대사는 몇 마디 없었지만 막을 열고 닫으며 "1막입니다!", "1막이 끝났습니다!", "2막입니다!" 하는 안내역도 함께했다. 그렇게 조금씩 행사에 참여하던 중 여름방학 축제 준비가 시작되었다. 9학년이던 July는 7학년 밴드에서 드럼을 맡았다. 아이의 소근육 발달을 위해 도자기와 드럼을 계속 가르치고 있었지만 사실 실력은 크게 늘지 않았다. 아이의 느림을 이해하고 차분하게 기다려주던 도자기 선생님 덕분에 그나마 도자기는 조금씩 나아지고 있었지만 혼자 연습을 많이 해야 하는 드럼 수업은 진전이 거의 없는 편이었다.

어릴 적 첼로를 6년 넘게 배웠지만 July는 음계를 외우지 못했다. 9학년은 워낙 실력이 쟁쟁한 친구들이라 이미 팀이 완성되어 있었고 7학년에 드럼이 없어서 July가 함께하기로 했다는 것이다. 하지만 July의 드럼 실력이 영 성에 차지 않았는지 7학년 밴드는 축제를 며칠 앞두고 July 대신 8학년 아이를 드럼으로 영입했다. 나름 두 달 가까이 연습했던 July는 의기소침해졌고 모처럼 의욕을 내던 아이의 풀죽은 모습에 나와 남편도 매우 속이 상했다.

축제날은 July의 생일이기도 했는데 마음 같아선 축제에 가고 싶지가 않았다. 하지만 아이가 내색하지 않는데 어른인 내가 그럴 수는 없는 것이라 입을 닫고 있었다. 9학년 아이들은 7학년의 이런 태도를 두고 매우 화가 나서 July를 위한 특별 프로그램을 준비했단다. 9학년 학부모 대표가 넌지시 전화해 "많이 속상하겠지만 9학년 애들의 성의를 봐서 꼭 참석해요"라고 했다.

나는 July의 기를 살려주고 싶어서 전교생이 먹을 만큼 넉넉하게 떡과 수박을 사서 학교로 향했다. 진심인지 원래 그런 일에 민감하지 않은 건지 다행히 July는 밴드 참석 대신, 그동안 자신이 만든 도자기를 판매하는 걸로 축제에 참여했다. 이미 이렇게 저렇게 얘기를 들어 다 알고 계신 부모님들이 너나없이 후한 가격에 아이의 도자기를 사주었고 그들의 마음을 아는 나도 기분 좋게 July의 생일 음식을 전교생에게 나누었다.

공연이 시작되었다. 7학년, 8학년 밴드 연주가 있었고, 드디어 9학년 밴드가 시작되었다. 아이들은 미리 연습한 곡들을 신나게 연주해서 분위기를 띄웠고 어느새 나도 힘껏 박수치며 공연을 즐겼다. 마지막 곡을 앞두고, 9학년 밴드 리더는 마이크를 잡고 "오늘은 우리의 친구 July의 생일입니다. July의 부모님이 준비하신 생일 음식 다 드셨죠?"라고 말한 뒤, July를 무대 위로 불러 "너는 우리의 소중하고 진정한 친구야. 생일 축하한다"는 말과 함께 July를 위한 축하 노래를 해주었다. 두 시간 가까운 여름방학 축제의 마지막 하이라이트 곡이 July의 생일 축하 노래가 되니, 마치 축제 전체가 July를 위한 축하 공연처럼 느껴졌다. 쑥스럽고 어색한 듯 미소를 지으며 July는 축제의 마지막 곡을 선물 받았다.

지난 3년의, 아니 July를 위해 숨 가쁘게 달려온 모든 시간이 위로 받는 기분이었다. July에게 마침내, 평생을 함께 갈 친구들이 생겼다는 감사함에 눈물이 흘렀다. 그 친구들은 아직도 July의 든든한, 좋은 친구가 되어주고 있다.

다른 아이들은 모두 중학교 과정을 마치고 고등 과정 1년 동안 빠르게는 1년, 조금 늦으면 2년 만에 검정고시를 마치고 수능을 보아서 대학에 갔다. 하지만 July는 만 3년을 다 채우고 동기들 중 마지막 졸업생이 되었다. 그 후로 꼬박 6년을 공부해서 가까스로 검정고시를 봤지만 수능은 도저히 수준이 되지 않아 대학 진학의 꿈을 접었다.

"July보다 July 아빠를 학교에서 더 많이 보는 것 같아요."

대안학교를 선택할 때 첫 번째는 학교의 철학이 좋았고, 두 번째는 집과 남편 회사에서 가까워서 좋았다. 아이를 대안학교에 보낸 남편은 행여 여기서도 아이가 적응하지 못하는 건 아닐까 하는 걱정과 일반 학교에서보다는 조금 편안해진 아이를 보는 즐거움에 수시로 학교를 드나들었다. 많은 대안학교가 그렇듯이 재정적으로, 인력난으로 힘든 상황이라 남편은 July가 다니는 학교가 조금이라도 탄탄해지도록 보탤 수 있는 모든 힘을 쏟아부었다.

July가 학교에 다니던 6년 동안 우리 가족 셋이 같이 다닌 느낌이었다. 그 6년 동안 우리는 인간관계를 다 끊다시피 해서 학교 일에 힘을 보탰다.

"우리가 아저씨한테 얻어먹은 게 많으니까 July는 끼워줘."

아직도 단톡방에서 서로의 근황을 나누고 있는 July의 친구들은 농담 반, 진담 반으로 그렇게 말하며 July를 챙겨준다. 아빠의 바짓바람(?) 덕분에 나는 조금 숨통이 트이는 기분이었지만 치열한 방송가에서는 조금씩 밀려나고 있었다.

모처럼 고향 친구들을 만났다. 서울로 대학 와서 이제 20년의 두 배 가까운 시간을 서울, 경기권에서 살았는데 이상하게 고향 친구들을 만나면 저절로 사투리를 쓴다.

"구락쟁이!"

"멀국!"

"깨구락지!"

"미꾸락지!"

그러다 문득 July와 하던 어원 찾기 놀이가 생각났다.

"니들, 미꾸락지 어원이 뭔지 알어?"

"뭔디?"

"믿고 날지! 원래 미꾸라지 어원은 믿고 날지여. '믿고 날지, 믿구 날지, 미꾸날지, 미꾸라지, 미꾸락지. 이렇게 된 거여."

나의 자신만만한 표정에 친구들이 잠시 긴가민가 나를 본다.

"진짜래니께. 니들 장마철에 가끔 미꾸락지가 마당에 떨어져 있던 거 봤어 못 봤어?"

"봤지."

"거 봐, 걔들이 믿고 날러서 그려. 가끔 진짜 믿고 잘 나른 놈은 용이 되기도 허는 겨. 그래서 속담에 '미꾸락지가 용됐다!' 그런 말이 나오는 거래니께."

내 말이 끝나자 그제야 속았다는 걸 깨달은 친구들이 먹던 과자를 던진다. 충청도 촌년인 우리는 꺄르르 뒤집어지게 웃었다.

나는 안다. July가 여기까지 올 수 있었던 것은 July가 믿고 날 수 있도록 응원하고 지지하고, 아플 때 함께 울어준 수많은 이들의 마음 덕분임을. 이제 July와 우리 아이들이 언제든 믿고 날 수 있도록 더 많은 이들이 마음을 보태주길 간절히 빌어본다, 그런데 July야, 엄마 믿지? 정말 미꾸라지의 어원은 '믿고 날지'야.

4

July의 검정고시

이제 와서 생각하면 나와 남편은 그때까지도 July에 대한 기대와 희망을 놓지 못하고 있었던 것 같다. 의사가 지능은 나아지지 않을 거라고 했지만, 우리는 믿고 싶은 대로 믿었던 것 같다. 아이가 정서적으로 심리적으로 안정이 되면 성적도 좋아지고 지능도 향상되어 비장애 아이들과 비슷해질 수 있을 거라는 낙관을 품었던 것 같다. 아니 사실 검정고시가 그렇게 어려울 줄 몰랐다. July 동기들은 2~3개월 공부해서 중학교 졸업 검정고시를 통과했고 고등학교 졸업 검정고시도 큰 문제 없이 통과해 적성을 찾아 대학에 갔기 때문에 막연히 July도 조금 느리긴 해도 그럴 수 있을 거라 믿었다.

하지만 언.감.생.심!!! July에겐 무모한 도전이었다는 것을 뒤늦게 검정고시 준비를 시작하면서 뼈저리게 깨달았다. 발등을 찍힌 기분이었다. 내가 눈곱만한 혜안이라도 있었다면 다른 부모들처럼 방통고를 보내서 학력 취득을 했어야 했다. 하지만 유난히 주말 일정이 많은 대안학교에서 주말마다 아이를 빼내서 방통고를 가야 한다는 생각을 나나 남편은 전혀 하지 못했다. 주중에도 수많은 이런저런 일들 때문에 학교에 가야 했고, 주말에도 많은 행사와 교육 프로가 있었다. 가뜩이나 학교에서도 늘 가장자리를 맴도는 아이를 학교 행사에서 빼내서 주말마다 방통고에 보내다 보면 이곳도 저곳도 적응하지 못하고 어정쩡한 상태가 되지 않을까 하는 걱정도 있었다. 학교 일정이 없을 때는 그동안 애써 미뤄뒀던 가족 행사와 친구들 모임에 나가야 했다. 그래서 July와 거의 같이 학교를 다니다시피 하는 상황에서 방통고를 검토하며 잠시 고민했지만 결국 포기했었다. 하지만 만약 지금 아이의 학력을 고민하는 부모가 있다면 나는 주저 없이 절대 무모한 꿈으로 아이를 괴롭히지 말고 방통고에 보내라고 조언할 것이다. 내가 겪었던 6년은 다른 누구에게도 권하고 싶지 않을 만큼 힘든 여정이었기 때문이다. July는 나보다 몇 배나 더 힘들고 고통스러웠으리라.

July가 다닌 대안학교는 미인가라서 검정고시를 통해 학력 인증을 받아야 했다. 처음부터 알고 선택했고 주변의 다른 아이들이 워낙 수월하게 시험에 통과해서 우리도 크게 걱정하지 않았다. 내가 대충 훑어본 시험 문제도 솔직히 중학교 졸업 인증 검정고시라 해도 초등학교 3~4학년 수준이라 그리 어려울 것 같지 않았다. 검정고시는 주로 4월과 8월에 실시되었고 중학교 검정고시는 5과목, 고등학교 검정고시는 7과목이었다. 대개 다른 아이들은 중학교 3학년 과정이 되면 봄(4월)에 3과목쯤 합격하고, 가을(8월)에 2과목을 시험 봐서 쉽게 통과했다. 특히 중학교 과정은 졸업 인증만 받으면 되기 때문에 성적을 굳이 잘 받을 필요 없이 5과목 평균 300점만 맞으면 되기 때문에 한 번에 5과목을 다 통과하고 자기가 하고 싶은 특기 활동에 주력하는 아이들도 많았다.

하지만 July는 달랐다. 일단 July도 중학교 3학년에 검정고시를 시작했다. 여러 과목은 무리라고 생각해서 그림을 잘 그리고 도자기도 오래한 지라 맛보기로 미술 시험 한 과목만 보기로 했다. 미술 정도는 기본 점수가 나오지 않을까 생각하고 기출 문제를 프린트해 주었는데 15~20점을 넘지 못했다. 아니 1번만 쭉 찍어도 25점은 나와야 하는 것 아닌가? 나는 당황했다. 진짜로 한 번호만 쭉 찍으니 25점이 나왔다. 그런데 한 시간 들여서 풀면 15점 혹은 20점이었다. 어떻게 이럴 수 있지? 그때부터 나의 고난은 시작되었다.

"자, 1번 한 번 풀어봐."

같은 문제를 인쇄해서 한 시간 간격으로 반복해 푸는데 아이의 답은 들쑥날쑥했다.

"아깐 맞았는데 왜 이번엔 틀렸어? 괄호 안에 적절한 것을 고르라는데 계속 다른 걸 고르면 어떡해?!"

나도 모르게 목소리가 올라가자 잔뜩 눈치 보던 July가 물었다.

"적절하다는 게 뭐예요?"

누군가 내 뒤통수를 대차게 후려친 것처럼 멍했다. 뒤통수가 멍한데 숨이 턱 막혔다.

'세상에, 적절하다는 뜻을 모른다고?'

그동안 열심히 한글을 가르쳐서 읽을 수 있게 됐으니 뜻은 저절로 알 것이라고 생각했다. 하지만 글을 읽어도 뜻을 전혀 이해하지 못할 수 있다는 걸 그때 처음 알았다. 물론 나도 아주 가끔 낯설고 생경한 단어가 나오면 국어사전을 찾아보긴 하지만, 일상적인 단어 뜻을 모를 수도 있다는 것을 받아들이는 데 한참이나 시간이 걸렸다.

나는 한글을 스스로 깨우쳤다. 언니들 교과서 훔쳐보면서 그림으로 글을 지어내다 어느 순간 저절로 통 글자로 습득한 후 닥치는 대로 책을 읽어댄 통에 문해력으로 곤란을 겪어본 적이 없었다. 그러니 July의 질문에 말문이 막혔다. 다음 순간 '적절하다'는 걸 어떻게 설명해야 할지 머릿속이 분주해졌다.

"음, 그러니까 적절하다는 것은… 음, 음….”

한참 고민해서 설명하다 보면 아이의 시선이 멍하다, 못 알아듣고 있다는 뜻이다. 다시 설명을 바꿔본다.

"음, 그러니까 적절하다는 것은 있지….” 한참 설명한다. 아이가 졸고 있다. 아이는 지루하거나 이해가 안 되면 잠으로 회피하는 기제가 있다. 조급한 마음에, 아이의 잠을 깨우고 싶은 마음에 목소리가 커진다. 세 가지, 네 가지, 다섯 가지 예를 들며 ‘적절하다’는 것을 설명하는 데 30분이 넘게 걸렸다.

아이가 ‘괄호 안에 적절한 것은?’을 겨우 알아듣는 데 한 시간, 그런데 4지 선다형 예문이 가관이다. ① 명암, ② 채도, ③ 명도…. 이쯤 되면 머릿속은 이미 하얘지다 못해 터지기 일보 직전이다. 목이 터져라 한 문제 설명하는 동안 아이는 세수하러 다섯 번 쯤 오갔고, 나는 이미 목이 쉬어 갈라졌다. 한 문제도 풀기 전에 세 시간이 훌쩍 지나 있었다. 나도 아이도 녹초가 되어 장렬히 쓰러졌다. 한글에 이렇게 한문이 많았음을 처음 알았고 한글이 이렇게 어려운 글이었음이 뼈저리게 와 닿았다. 문제는 이렇게 목에서 피가 나도록 설명해도 다음 날이면 깨끗하게 백지 상태가 된다는 것이다.

내 목소리가 높아질수록 아이는 잠으로 회피해 졸았다. 그 모습을 보면 또 화가 치밭았다. 이게 무슨 지옥 같은 일인가. 좋았던 아이와의 사이가 나빠지는 데는 며칠이 걸리지 않았다. 이렇게 길게 가면 너무 끔찍한 결과가 벌어질 것 같았다. 다시 심호흡을 했다. 아이가 학교에 가면 절 방석을 펴고 절 방석에 머리를 박으며 108배를 했다. "아이에게 소리 지르지 않겠습니다. 아이에게 화내지 않겠습니다." 108번을 가슴에 새기고 있다가도 아이가 학교에서 돌아와 문제집을 펼친 채 졸기 시작하면 다시 화가 끓어올랐다. 이런 상황이라면 과목별로 학원을 보내도 소용이 없는 일, 그렇다고 과목마다 과외를 붙일 수도 없고. 어떡할까, 어떡할까? 고민하는 사이, 시험이 다가왔다. 하루에 한 문제씩 푸느라 시험지 한 장을 제대로 다 풀지도 못한 상황이었다. 우리말이 이렇게 어휘가 다양했던가, 제대로 실감했다. '적절하다'는 것을 설명하고 나면 다음 문제는 '알맞지 않은 것'이었다, '알맞지 않은 것'을 겨우 반복해서 설명해주고 나면, 다음 문제는 '어긋나는 것'이었다. 시험 출제자들이 나를 골탕먹이려고 작정했나 싶게 참으로 다양한 어휘가 휘황찬란하게 나왔고 그럴 때마다 나는 목에서 피가 나오도록 설명해야 했다. 그런데 오늘 한 문제를 가르치면 어제 가르친 한 문제를 까먹는 아이, 당연히 아이는 딱 한 과목 신청한 미술 시험에서 떨어졌다. 30점도 안 나왔다.

아이도 나도 깊은 좌절감을 느꼈다. 그날도 학교에서 돌아온 아이 앞에 미술 문제를 프린트해서 건넸다. 문득 그 문제를 앞에 두고 앉아 있는 아이가 보였다. 흐릿하게 풀린 눈, 멍한 시선, 세상의 모든 짐을 진 듯 지치고 무기력한 얼굴, 순간 왈칵 눈물이 났다.

'저 아이가 저렇게 태어나고 싶어서 태어난 것도 아닐 텐데, 저렇게 지치고 절망스러운데 감히 싫다는 말도 못 하고 저렇게 무기력하게 앉아 있구나!'

순간 아이에게 화내고 소리 지른 내 자신이 너무 부끄러웠다. 왈칵 눈물이 났다. 그까짓 미술 용어 좀 모르면 어떻고 미술 시험 좀 못 보면 어떠랴. 이러다 애 하나 잡겠다 싶으니 정신이 번쩍 들었다.

"오늘은 쉬자, 아들."

내 목소리가 떨렸다. '무슨 일인가?' 하는 표정으로 아이가 날 쳐다봤다.

"아들, 우리 이제 시험공부는 그만하자. 그래도 세상을 사는 데 너무 상식이 없고 무식하면 사람들이 무시하니까, 최소한의 상식만 공부하자."

아이는 무슨 뜻인지 못 알아들은 것 같았지만 나는 내 말 뜻을 알았다. 다음 날부터는 공부의 톤이 바뀌었다. 시험을 위해 조급하게 아둥바둥 가르치는 것이 아니라 살아가는 데 삶을 풍성하게 만드는 최소한의 상식을 공부하는 것이니 반드시 가르쳐야 한다는 치열함과 조급함이 없었다. 이것저것 그림도 찾아보면서 느리게 천천히 설명했다. 내 목소리 톤이 달라지니 아이도 덜 긴장해서 그런지 조금씩 이해가 늘었고 덜 졸았다. 하루에 4~7시간씩 꼬박꼬박 반복해서 공부한 덕에 아이는 1년 만에 미술을 우수(?)한 점수로 통과했다. 처음으로 합격 점수를 받아든 July가 감격에 차서 말했다.

"엄마, 나도 되네!!! 나도 하니까 되네!!! 내가 시험 봐서 합격할 수 있을 거란 생각 한 번도 못 해봤는데, 정말 하니까 되네!!!"

그 언젠가 과학 한 문제를 맞추고 뛸 듯이 기뻐했던 것처럼 다른 아이들은 이미 고등학교 검정고시를 준비하는데 꼬박 1년을 공부해서 겨우 한 과목을 합격한 것이지만 나와 July는 진심으로 감격해서 성적표를 가슴에 끌어안고 울먹였다.

그렇게 한 과목을 합격한 성공의 기억 덕분인지, 지난 1년 미술 공부를 하면서 수많은 시험 문제용 어휘를 공부한 덕인지 July는 그 다음 시험에서는 사회를, 이어서 국어를 합격했다. 수학은 같은 번호를 그냥 쭈욱 찍어서 25점을 맞았고, 열심히 암기한 사회와 미술에서 부족한 점수를 채웠다. 그렇게 2년 만에 중학교 검정고시를 통과했다. 내 모든 일상을 갈아 넣은 결과였고 July가 나를 믿고 따라와 준 덕분이었다.

지난 2년간 갈고 닦아 시험에 최적화되었지만 고등학교 검정고시는 차원이 틀렸고 과목수도 많아지면서 엄두가 나지 않았다. 주변의 많은 사람들에게 조언을 받아 작은 규모의 검정고시 전문학원에 보냈다. 원장님과 선생님께 July의 상태와 지능을 솔직히 말씀드리고 반복 수업을 부탁드렸다. 아침 10시부터 2시까지 거의 개인 교습에 가깝게 수업을 들은 뒤, 3시쯤 돌아오면 잠시 쉬게 했다가 4~6시까지, 그리고 저녁 먹고 8~10시까지, 하루 4시간씩 학원에서 가져온 기출 문제를 반복해서 풀었다. 미술은 중학교 때 문제랑 크게 다르지 않아서 점수는 낮았지만 첫 시험에 합격했다. 그 덕인지 아이가 조금은 의지를 냈다. 하지만 난이도가 의지로 될 문제가 아니었다. 어차피 이해는 포기하고 그냥 무조건 암기로 가기로 했다.

"그래도 대한민국 국민인데 세종대왕과 훈민정음은 알아야지!"

나는 아이와 구구단을 외우듯이 훈민정음을 반복했다. 아이의 눈높이에 맞춰 내가 요점 정리를 해서 그냥 무조건 암기를 시켰다. 소설이란 무엇인가, 시란 무엇인가, 수필이란 무엇인가. 4년째 시험만 보면서 아이의 아토피는 최악의 상황이 되었고 어느 순간 나도 아이도 깊은 우울감이 빠졌다. July가 학원에서 돌아오는 3시쯤이 되면 내가 숨이 막혀 공황장애가 올 것 같았다. 그나마 '나보다 더 힘든 건 July다, 시험은 통과 못 해도 되니 아이에게 상처 주는 일은 만들지 말자.' 가슴 속으로 다지고, 108배를 하며 수없이 나를 성찰해서 화가 폭발하지는 않지만 억누른 답답함으로 숨이 막혔다. 아이와 공부를 마치면 속이 터질 것 같아서 남편과 야간 라이딩을 나가 3~40킬로미터씩 어둠 속을 달리고 들어와야 겨우 숨이 쉬어졌다.

벌써 2년째 공부했지만 아이의 성적은 3~40점이 고작이었고 그나마도 알고 맞은 게 아니라 운 좋게 찍은 점수였다. 미술 한 과목 빼고는 아무것도 통과를 못 했다. 어차피 장애 특례로 취업할 텐데, 아이에게 고등학교 졸업이란 학력이 큰 도움이 안 될 텐데 그만 멈춰야 하지 않을까?

수많은 번민이 오갈 때 나라엔 엄청난 참사가 터졌다. 수학여행을 가던 수백 명의 아이들이 돌아오지 못한 것이다. July와 비슷한 또래의 아이들이어서 특히 더 충격이 컸다. 바닷가를 떠나지 못하고 울부짖는 아이들의 엄마, 아빠를 보면서 나도 매일 함께 울었다. 수학여행을 다녀오겠다고 즐겁게 들떠서 집을 나섰을 아이들은 영원히 돌아오지 못했다. 어떻게 이런 일이 있을 수 있나, 믿기지 않는 참사였다.

그리고 아주 미안하고 어리석게도 아이들의 죽음을 보면서 나는 겨우 깨달았다. 지능이 좀 낮고 공부 좀 못하면 어떤가, 아침에 현관문 열고 학원 갔던 July가 현관문을 열고 들어오는 것만으로도 기적이고, July는 존재 자체로 온전하다. 그까짓 고등학교 검정고시 합격증 있으면 어떻고 없으면 어떤가!!! 나는 July에게 진심으로 말했다.

"아들, 엄마는 아들이 이렇게 건강하게 내 앞에 있는 것만으로도 충분히 감사하고 고마워. 그러니까 힘들면 검정고시 공부는 그만해도 돼."

잠시 고민하던 July가 말했다.

"그래도 그동안 공부한 게 아까우니까, 조금만 더 해볼래요."

내가 마음을 내려놓으니 July도 마음이 편해진 것인지, 아니면 말라 갈라진 논에 조금씩 물이 스며들다 어느 순간 차오른 것인지 이후 July는 한 과목씩, 한 과목씩 통과했다. 그러다가도 또 턱에 걸려 탈락하면 한동안 의기소침해졌고 또 가까스로 기운을 끌어모아 다시 시험 준비를 했다. 그럼에도 불구하고 6년째가 되니 July도 지치고 나도 지쳤다.

"이번에 마지막으로 한 번만 더 보고, 안 되면 포기할래요."

마침내 꾸준하고 무던한 July가 자신 없는 어조로 말했다. 여전히 과학과 수학, 영어는 한 번호를 찍어 25점을 맞아야 하는 상황이라 미술과 도덕, 사회와 한문, 국어에서 부족한 점수를 메꾸어야 하는데, 그 1~20점이 채워지지 않아 4년을 헛도는 기분이었다. July는 마지막으로 한 번 더 국어 재시험을 봤다.

지난번에 76점을 받아 전체 평균이 420점이 되지 못했기 때문이다. 80점을 맞아야 고등학교 졸업 검정고시 합격증을 받을 텐데. 우리는 시험을 보러 가는 차 안에서 '제망매가'를 복습했다.

"제망매가는 누가 지었다?"

"누구를 추모하는 시였지?"

"향가란 무엇이지?"

수백 번도 더 암기했던 내용이었다. 이번엔 부디 80점이 나와야 할 텐데. 아이가 시험을 보는 동안 간절하게 기도했다. 정작 시험을 끝내고 나왔을 때는 겁이 나서 물을 수가 없었다. 애썼다고 등을 다독여서 차에 태웠다. 집으로 돌아오는 길, 중학교 과정까지 합쳐 6년, 파주에서 의정부까지 수도 없이 검정고시를 보러 다니던 그 시간이 주마등처럼 스쳐갔다. July도 이제 마지막이라고 생각하니 많은 생각이 오가는지 평상시엔 시험을 끝내고 돌아올 땐 지쳐서인지 자신이 없어서인지 조수석에 앉아 잠들기 마련인데 그날은 갑자기 부스럭부스럭 시험지를 꺼내 들었다.

"엄마, 오늘 시험에 제망매가 나왔다. 엄마가 아까 그거 월명대사라는 스님이 지었다고 했지. 그리고 여동생을 그리워한 거라고 했지. 그런데 여기 엄마라고 해서 나 답 이거로 달았다."

아들이 기대 반 걱정 반으로 나를 보았다.

"맞아, 엄마 아니고 여동생이야. 우리 아들 진짜 잘했네."

목이 메었다. 운전대를 잡고 시속 100킬로미터로 달리고 있지 않았다면 감격해서 와락 아들을 안아주었을 것이다. '적절하다'는 뜻을 몰라서 시험지를 못 풀던 아들이 제망매가를 해석해주는 날이 오다니. 그 뜻을 온전히 알지 못하더라도 이 엄마를 믿고 거기까지 따라와준 아들이 너무 대견하고 고마워서, 거기까지 오기 위해 얼마나 힘들고 고된 시간을 보냈을지가 너무 고스란히 느껴져서 목이 메었다. 뺨을 타고 주르륵 눈물이 흘렀다. 정말 대견하고 성실하고 착한 내 아들.

나는 사람들에게 아들의 검정고시를 이렇게 말한다.

"검정고시? 지난 6년 동안 아무것도 못 하고 암벽에 팔만대장경을 한 글자 한 글자 새긴 기분이야."

안다. 끌고 가는 나보다 끌려오는 아들이 더 힘들고 고통스러웠을 것을. 아들은 6년 동안 문자 울렁증이 생겼는지 운전면허도 필기시험 때문에 안 보겠단다. 6년의 시간이 딱히 좋았다고도, 나빴다고도 할 수 없다. 다만 내 인생에 팔만대장경은 한 번이면 족하다는 건 확실하다. 누군가 나에게 검정고시에 대해 묻는다면 말해주고 싶다.

"절벽에 팔만대장경 한 번 한 자 한 자 새겨보실래요?"

5

세상 속으로: 망망대해에서 홀로 쪽 배를 탄 것처럼

I. 경제적 자립과 밥벌이

"그나마 학폭을 당해도 학교 다닐 때가 나았어요."

가끔 비슷한 처지의 부모들을 만나면 심심찮게 듣는 이야기다. 나는 학교에 다니는 지적장애 아이들 혹은 느린학습자 아이들을 '사각의 링 안에 있다'고 표현한다. 왜냐하면 사각의 링 안에서는 학폭을 당해도 중재하거나 제재할 심판이 있고 정해진 공간 안에서 사건이 발생하기 때문이다.

나라고 다를 것이 없다. 팔만대장경을 새겨서 될 일이면 그나마 낫다. 하지만 학교를 졸업하는 순간 아이들은 링도 없고 심판도 없고 나침반도 없는 망망대해로 홀로 쪽배를 타고 나가야 한다. 도와주는 법적 제도도, 적절한 직업 교육도 없다. 현재로선!

졸업하는 순간 아이들은 갈 곳이 없어진다. 느린학습자의 특징 중 하나가 자기 주도 학습이 안 된다는 것이다. 그렇기에 아이들에게 가장 좋은 것은 규칙적으로 출근해서 누군가의 지도하에 적절하게 일하고 때가 되면 퇴근해서 남은 여가를 즐기는 것이다.

July는 건강한 노동자로 일한 뒤 퇴근해서 자기 전까지 3~4시간 게임을 할 때 가장 편안해한다. 사회성이 약하다 보니 오프라인 친구가 많지 않고 대개는 게임에서 알게 된 친구들과 게임에서 만나 통화하며 스트레스를 푸는 것 같다.

아이가 성인이 되니 또 다른 난제들이 기다리고 있다. 아직 미성년자일 때는 "이렇게 하자", "저렇게 해"라며 부모로서 길을 제시할 수 있었지만, 성인이 되니 간섭이 조금만 심해지면 반발한다. 자신도 어른이란다. 그런데 스스로 판단해서 할 수 있는 일은 많지 않다. 게다가 아이가 서 있는 곳은 안전망조차 없는 정글 같은 세상이다. 비장애 청년에 비해 사리분별이 안 되고 판단 능력이 떨어지니 뉴스에서 들리는 수많은 범죄에 이용될까 걱정이 커진다. 그전에야 미성년자니까 어느 정도 보호받지만 장애 등록도 어려운 상태다 보니 범죄에 이용당해도 보호받을 제도가 전무후무한 상태다. 사회성 부족으로 친구 맺기가 원활하지 못하지만, 누구보다 관계를 지향하는 아이들이고 인정욕구가 크다 보니 범죄의 먹잇감이 될 소지가 매우 크다. 하물며 멀쩡한 이들도 당한다는 보이스피싱은 말할 것도 없다.

"이게 뭐야?"

아이가 직장생활을 하면서 내가 통장 관리를 시작했다. 가끔 통장 정리를 해서 아이와 함께 자신의 경제에 대해 이야기를 나누지만 아이는 거의 이해하지 못하는 것 같다. 자주 어울리는 친구도 거의 없고 술 담배를 안 하고, 아직은 부모와 함께 살고 있으니 아이는 크게 돈에 쪼들리지는 않는다. 하지만 문제는 엉뚱한 곳에서 한 번씩 터진다.

어느 날 통장 정리를 하다 보니 매월 지속적으로 빠져나가는 돈이 있었다. 1만 7,000원 정도의 소액이다 보니, 그리고 내가 통장 정리를 1년에 한두 번만 하는 스타일이다 보니 1년 넘게 빠져나간 걸 그제야 알아차린 것이다. 도대체 무슨 돈인가 싶어 알아보니 치아보험이었다.

"이걸 왜 가입했어?"

"제가요?"

아이는 자신이 무슨 보험에 든 지도 모른 채 가입한 것 같았다. 여러 가지 절차를 거쳐 겨우 해약했다. 수시로 걸려 오는 보험 가입과 상품 판매 전화를 아이는 쉽게 끊거나 차단하지 못한다. 그래서 그것이 무슨 내용인지 모르고 곧잘 "네, 네…" 해버릴 때가 있다. 더 큰 사고가 아님을 다행으로 여기며 안도했다.

게임 머니는 또 다른 폭탄이다. 숫자 개념이 약하다 보니 그냥 내키는 대로 아이템을 구입했는지 '허걱!' 싶은 금액이 나온 적이 있다. 충분히 이야기를 나눈 뒤, 그 게임을 삭제하던지 절대 현질을 하지 않겠다고 약속하고 지켜서 수업료라 생각하고 넘겼다. 이 이야기를 느린학습자 모임에 나와서 했더니 다른 어머니가 말했다.

"200만 원짜리 수업료면 나아요. 우리 애는 믿고 따르는 언니에게 가스라이팅 당해서 계속 돈을 빌려주고 이용당하고 있는데, 아무리 설명해도 인정하고 받아들이지를 못해요. 자기랑 놀아주고 이야기를 들어주는 사람이 그 언니라는 사람밖에 없으니…."

유난히 숫자 개념에 약한 느린학습자 아이들, 어릴 땐 시계 보기, 구구단, 날짜, 요일 등의 개념이 약해서 부모 속을 태우더니 성인이 되어서도 여전히 돈을 계산하고 게임 아이템 값을 계산하는 것에 취약하다. 제발 누군가 아이들이 이해하기 쉽게 돈의 쓰임과 필요에 대해 잘 좀 설명해주면 좋을 것 같다. 가뜩이나 몇 푼 벌지도 못하는데 제대로 써보지도 못하고 날리는 걸 지켜보자니 참 속 쓰리고 걱정된다.

II. 성(性)과 사랑

이 문제는 사실 나 자체도 혼란스럽다. 아이는 언어 치료를 6년 정도 받았는데, 그때 운 좋게 좋은 인연의 선생님을 만났다. 마침 선생님께서 육아 휴직 중이었고 우리 집에서 두 정거장 정도 거리에 살고 계셔서 아이는 일주일에 두 번 걸어가서 언어 치료를 받았다. 선생님은 아이에게 맞게 날짜, 시간, 약속 정하는 법 등과 여자아이를 대할 때 주의할 점을 세심하게 가르쳐 주셨다. 안타깝지만 아이는 서른 살이 다 되도록 모쏠이다. 다행히 아직은 특별히 성에 대해 문제를 일으킨 적은 없지만 비슷한 처지의 부모들의 고민은 심각해 보였다.

딸을 키우는 어느 부모는 현실에서 주변 사람들과 친구 맺기가 원활하지 않다 보니 딸 아이가 인터넷과 SNS에서 만난 사람들에게 쉽게 현혹되어 걱정이라고 했다. 현실의 친구들은 자신을 느리다, 멍청하다며 무시하지만 SNS에서 만난 사람들은 좋은 말만 하고 멋진 모습만 보여주니 혹할 수밖에 없다는 것이다. 판단 능력이 떨어지다 보니 그들이 거짓말하고 속이고 있는 것을 제대로 판단하지 못하고 이용당하기 쉽다는 것이다. 실제로 뉴스에서 나오는 사건들을 보면 마음이 철렁철렁한다.

그렇게 생각하면 아들이라 다행이다 싶기도 하지만 아들은 아들대로 문제가 있다. 느린학습자 아이들에게 가장 힘든 게 '눈치'다. 누가 말로 하지 않아도 상황과 분위기에 맞춰 태도를 바꿔야 하는데 그게 거의 안 된다. 그런 면에서 연애는 최고의 난이도가 있는 '분위기 놀음'이다. 연애는 "싫어"라는 말에 진짜 싫은 건지 싫은 척하는 건지, 조금 싫지만 잘 설득하면 좋아질 수도 있는 건지를 파악하고 거기에 맞춰 자기의 태도를 바꿔야 하는 고난이도 감정 게임이다. 하지만 느린학습자 아이들은 그런 게임 기능이 거의 제로인지라 자칫 스토커로 오해받거나 데이트 폭력자로 여겨질 수 있다. 본인은 상대방도 받아들인 것이라 생각해서 손을 잡거나 스킨십을 했는데, 그게 아니었다고 고소해서 성폭력범이 되는 경우도 빈번하다.

실제로 한 여자아이 엄마는 경계선지능인 남자애 때문에 너무 스트레스라고 하소연했다. 시도 때도 없이 전화하고, 전화를 안 받으면 받을 때까지 전화하거나 문자 폭탄을 날린다는 것이다. 상대의 감정을 제대로 파악하지 못하는 남자애는 자기의 너무 좋은 감정을, 자신의 감정을 못 알아주는 상대의 마음을 이해할 수 없기 때문에 그것이 매우 무례하고 폭력적이 될 수 있다는 것을 알지 못한다. 연애라는 것이 너무나 섬세한 감정놀음인데 그런 놀이를 이해할 만한 지적 능력이 안 되다 보니 의도치 않게 폭력 가해자가 되기도 한다.

아들도 마찬가지다. 이성에 대한 호기심은 있지만 여자친구를 어찌 사귀어야 하는지 모르니 막막하다. 연애야말로 가장 사적이고 은밀한 신호로 이루어져 있지 않은가! 부모인 나도 그걸 가르쳐주기가 쉽지 않다. 우리 아이들은 손짓, 눈빛, 몸짓, 표정, 말꼬리 하나하나가 신호이고 감정인데 그걸 캐치할 섬세함이 없다. 사랑받고 사랑하고 싶지만 어찌해야 할지 모르는 아이들….

"그럼 나는 어떻게 여자를 만나?"

그러게, 어떻게 만나야 할까. 이런 친구들 모임이 분명히 있을 텐데 싶어 열심히 찾아봤다. 한두 곳 찾았지만 너무 멀고 모임 횟수도 많지 않다 보니 연애로 이어지긴 무리가 있다.

느린학습자의 이성 교제, 참 어려운 일이다. 하긴 누군가를 만나 서로의 감정을 확인하고 자신의 짝을 찾아서 다음 세대로 이어가는 일은 모두에게 점점 어려운 문제가 되어가고 있는지도 모른다. 느린학습자만의 문제라고 조바심 내지 말자. 그래도 더 늦추지 말고 아이들에게 건강한 성에 대한 교육을 해줄 수 있는 기회가 있다면 좋을 것 같다.

III. 지능지수의 한계

다른 나라에서는 지능과 정서적 지능, 작업 능력 등을 다양하게 고려해서 장애 등록을 한다고 한다. 하지만 우리나라는 정신과 질환이 있어도 지능지수가 높으면 장애 등록이 어렵다. 지능이 경계선이라도 작업 수행 능력은 또 다른 문제다.

"경계선 장애 아이들이 가장 취업하기 힘들어요. 해고도 제일 빨리 되고!"

현장에서 청소년과 학교 밖 아이들 진로 상담을 오래 해온 친구의 말이다. 장애는 아예 장애 특례로 취업하는데 경계선 장애 아이들은 겉보기엔 비장애와 차이가 없어 보여 어찌어찌 면접을 통과해 취업하거나 알바를 시작하지만 대개 작업 기능이나 사회성이 현저하게 떨어지기 때문에 곧바로 해고된다.

IQ 75 혹은 80까지를 경도장애로 정해 장애인 취업 특혜를 주는 다른 나라에 비해 우리나라는 유난히 엄격하게 IQ 70~84까지를 경계선 장애로 지정하여 아무런 취업 특혜를 주지 않는다. 실제로 아이들의 직업 수행 능력은 IQ 50~69인 지적장애 3급과 큰 차이가 없지만 IQ 1~2의 차이로 비장애가 되기 때문이다. 사회에서 이렇게 몇 번이나 냉정하게 쫓겨나고(?) 나면 아이들의 자존감은 바닥을 치면서 우울, 분노, 좌절, 무기력의 상태에 빠지거나 은둔형 외톨이가 되어 오롯이 가족의 짐이 된다. 그래서 많은 부모들이 경계선 자식을 위해 자영업을 선택한다. 하지만 우리나라처럼 자영업의 폐업률이 높은 상태에서 그것은 같이 망해가는 길이지 함께 사는 길이 아니다. 느린학습자에게 가장 필요한 취업 교육은 반복이다. 문해력이 낮고 소근육 발달이 안 되다 보니 비장애인들이 쉽게 알아듣고 응용할 수 있는 일에서도 배우는 속도가 느리고 기능을 익히는 데 시간이 필요하다. 하지만 우리나라의 내일배움카드나 취업을 위한 교육은 한 직업 프로그램을 반복해서 들을 수 없도록 되어 있다.

예를 들어 타일이나 도배 같은 기술을 배울 때 비장애인들은 3개월 혹은 6개월 과정 수업을 한 번만 이수하면 곧바로 현장에 나갈 수 있다. 처음엔 좀 서툴겠지만 현장에 적응하면서 기술을 배울 수 있기 때문이다. 하지만 느린학습자들은 같은 수업을 듣더라도 문해력이 낮고 소근육 발달이 더뎌서 30~40퍼센트밖에 습득하지 못한다. 그래서 같은 수업을 반복해야 그나마 70~80퍼센트 정도로 습득한다.

혹자는 냉정하게 일자리를 구하는 비장애 청년들도 많은데 이렇게 기능이 떨어지는 느린학습자 청년을 꼭 써야 하냐고 묻기도 한다. 당연히 잘 교육시켜 취업을 시켜야 한다. 첫째, 나라는 기업이 아니기 때문에 장애든 비장애든 일하고자 하는 이들에게 일할 기회를 줘야 하기 때문이다. 둘째, 느린학습자들이 취업할 일거리는 대개 비장애 청년들이 선호하지 않는 단순 작업이 많다. 느린학습자들은 익숙한 일을 할 때 효율성이 높아지고 심리적으로 안정감을 느끼기 때문에 비장애 청년들이 싫증 내는 일거리를 잘할 수 있다. 셋째, 느린학습자들이 사회로 나가지 못한 채 복지의 사각지대로 내몰리면 그만큼 사회는 불안해질 수밖에 없다. 반복 교육을 통해 취업하면 13.9퍼센트의 느린학습자가 세금을 타 쓰는 존재에서 세금을 내는 존재가 될 수 있기 때문이다.

대한민국은 지구상의 어느 나라보다 가장 빠르게 변화하고 앞서가는 나라다. 그것이 매우 큰 장점이기도 하지만 그에 따른 부작용으로 사회적 안전망이 약하고 복지의 빈틈이 많기도 하다. 속도가 빠른 사람은 빠르게, 배움이 느린 사람은 느리게 각자의 속도대로 살 수 있는 나라가 되어 느린학습자들도 자기에게 맞는 일을 찾아 당당한 사회 구성원이 되는 날이 오기를 바라며 이 글을 마친다.

2장

행복으로 가는
속도는 얼마일까요?

조 미 현

1

웃음이 많고 밝고 명랑한 아이

　　2002년 1월 13일 일요일 오후 4시, 자연분만으로 우리 아기(닉네임: 별님)를 낳았다. 자연분만을 하느라 너무 탈진해서 나는 잠시 의식을 잃었다 깨어났다. 적막한 병실엔 어두운 표정의 남편이 있었다. 친정엄마와 친정아빠도 수심 가득한 그늘진 얼굴로 어색하게 나를 바라보았다. 뭔가 분위기가 이상했다. 영화나 드라마에서는 출산하면 엄청난 축하와 위로를 받던데, '무슨 일이지?' 싶었다. 아기는 어디 있느냐고 물었더니 잠시 호흡곤란에 황달기가 있어 아동전문병원으로 이송했다고 한다. 남편이 별일 아니라는 듯 얘기해서 그런가 보다 했다.

　　다음날 퇴원하기 전 담당 선생님에게 외래를 갔다. 선생님께서 차분하게 '아기가 입천장이 갈라지고 입술이 갈라지는 구순구개열 이라는 병명으로 태어났다'고 말씀하셨다. 처음 듣는 얘기에 순간 머리가 멍해지고 무슨 말인지 잘 알아들을 수가 없었다.

"나에게 하는 말인가? 우리 아기가?"

갑자기 TV에서 보던 것처럼 주위가 깜깜해지더니 주변 형체가 희미해졌다. 의사 선생님께선 수술만 하면 괜찮아질 거라고 아무렇지 않은 듯 말씀하셨다. 어안이 벙벙한 상태로 얘기를 듣고 멍한 상태로 병실을 나왔다. 남편에게 사실이냐고 물으니 그렇다고 했다. 예상하지 못했던 시나리오에 숨이 멎을 듯 심장이 '쿵' 하고 내려앉았다.

아기가 숨을 제대로 쉬지 못해서 인큐베이터에서 일주일 정도 집중 치료를 받아야 한다고 했다. 난 아기 없이 혼자 퇴원했다. 다른 산모들은 모두 아기를 안고 행복한 표정으로 퇴원하는데 내 옆엔 아기도 없고, 아기 얼굴도 보지 못한 채 혼자 쓸쓸히 퇴원해야 했다. 다른 산모들처럼 아기의 탄생 순간에 축하나 축복을 받기는커녕 초상집 분위기 속에서 어둡고 적막한 상태로 산후조리를 했다. 그때 엄청 두렵고 불안하고 감정의 혼란을 겪었던 것 같다. 지금도 가끔 TV에서 출산하는 장면이 나오면 23년 전 일인데 너무나 선명하게 그때의 기억이 떠올라 이유 없이 눈물이 쏟아지곤 한다.

그렇게 우리 아기는 세상에 나오자마자 엄마랑 떨어져 답답한 인큐베이터 속에서 호흡기를 달고 혼자 사투를 벌였다, 엄마를 만나기 위해!

아기 없이 혼자 몸조리를 했다. 유전도 아니고 임신 전이나 임신 중에 약을 먹은 적도 없이 나름 태교에 신경 썼다고 생각했는데 왜 나에게, 아니 왜 우리 아기에게 이런 일이 일어났는지 속이 타고 두려웠다. 답도 없는 끝없는 의문을 곱씹으며 며칠을 설쳤다. 모든 것이 내 탓 같기도 하고 모든 것이 무너져 내리는 느낌이었다.

그때 나는 20대 어린 산모여서 너무 막막하고 어떻게 해야 할지 상황 파악이 안 됐다. 그렇게 힘들게 낳았지만 아기가 탄생한 순간을 마냥 기뻐하지도 못한 채 슬픔에 젖어 있었다. 주변으로부터 어떤 응원이나 지지도 받지 못한 채 오히려 주눅 들어 눈치를 봤다.

아니 축복은 고사하고 모진 상처를 받았다. 아기가 아픈 것보다 오히려 주변 가족의 행동과 말 때문에 더 아팠고 많이 힘들었다. 그들이 일부러 의도한 건지 아닌 건지는 모르겠지만, 무심코 던지는 한마디는 어린 내 가슴에 비수가 되었다. 지금도 이런 아픔을 겪는 산모를 위해서 가족이 산모를 어떻게 대하고 위로해야 하는지에 대한 가이드북이나 언어 사용 매뉴얼을 만들었으면 싶을 정도였다. 전문가들이 이런 교육을 좀 해주면 좋겠다는 생각이 든다. 지금도 내 가슴에 상처로 남은 말들….

"너 임신했을 때 술 먹고 담배 폈냐?"

"우리 집엔 이런 아이 없는데 너네 집에 이런 유전인자가 있는 것 아니냐?"

"너 때문에 아기 고생시킨다."

힘들고 주눅 들어 눈도 잘 마주치지 못하고 아파도 아픈 내색도 못 하는 내게 그들은 심장을 도려내는 듯 상처 주는 말들을 쏟아냈다. 그게 얼마나 산모에게 고통을 주는 것인지, 그들은 진짜 몰라서 그런 걸까?!!! 적어도 남이 아닌 가족이라는 사람들이 따뜻한 말 한마디나 위로는 못 할 망정 마음에 상처를 줬다는 것은 시간이 많이 흐른 지금도 선명하다. 심장에 대못이 박혀 있는 것처럼.

그런 모진 소리 때문인지 나는 오히려 더 강하게 마음먹고 누구에게도 의지하거나 도움받지 않고 잘 이겨내리라 다짐했다. 나 스스로를 다독이고 위로하며 힘을 냈다. '쓸데없는 말 때문에 약해지지 말고 아기를 위해 최선을 다하자'고 다짐했다.

일주일 후 아기가 퇴원해 드디어 내 품으로 왔다. 품에 안겨 약하게 숨을 내쉬는 작고 따뜻한 딸을 꼬옥 안으니 왈칵 눈물이 났다. 그렇게 내 딸과 우리 가족은 첫 만남을 가졌다.

신은 우리에게 감당할 정도의 고통만 준다고 하니 나에게 온 아기는 분명 이유가 있을 거라 생각하며 현실을 받아들였다. 누구에게도 뒤지지 않게 잘 키워보리라 다짐하고 아기에게만 집중하기로 했다.

아기가 왜 그런지 이유를 생각할 마음의 여유도 없이 수술하기 전 강남의 아기 교정 전문 병원을 찾아 몇 달 동안 교정교육을 받았다. 병원을 수시로 오가느라 맥 놓고 울 정신도 없이 보냈다. 구순구개열 수술 2차례, 코 수술, 중이염 수술 4~5회, 심장병 수술, 혀 수술, 치아에 심을 뼈이식 수술, 낮은 코와 흉터 재수술, 치아 교정까지 아기는 일일이 나열할 수 없을 정도로 많은 수술을 받아야 했다. 100일부터 돌까지 구순구개열 수술을 두 차례나 받았고, 돌 무렵엔 심장에 구멍이 생기는 심방중격결손이라는 심장병 진단을 받고 수술도 했다. 코와 연결되어 있는 귀도 중이염이 잘 생겨 중이염 수술만 여러 차례였다. 아기는 7세 이전에 여러 차례 수술을 했고 입천장 구조 때문에 발음에 문제가 생길 수 있다고 해 생후 24개월부터 대학병원으로 언어 치료를 받으러 다녔다.

아기는 너무 어린 나이에 수술을 받기 위해 전신마취도 여러 번 하며 집보다 병원에서 더 많은 시간을 보내느라 참 고생을 많이 했다. 나 또한 살면서 병원이라는 곳을 거의 가본 적이 없었는데, 아기를 위해 한 번도 가본 적 없는 낯선 병원을 내 집처럼 익숙하게 드나들었다. 그 많은 수술과 치료가 보험 적용이 되지 않다 보니 남편은 몸이 부서져라 일했고, 나는 아이의 검사에서 수술까지 오롯이 혼자 모든 것을 감당하느라 정신적, 육체적으로 번아웃 상태가 되어갔다. 그렇게 나를 걱정시켰던 아픈 아이는 걱정과 달리 잘 이겨내 줬고 웃음이 많고 밝고 명랑한 아이로 자랐다.

2

왜 나는 3분 대기조 엄마가 되었나?

여러 차례 수술을 하고 병원을 자주 갔던 별님이는 어느덧 시간이 흘러 초등학교 입학을 앞두게 되었다. 유아기 때부터 밀착해서 아이를 돌봤던 나는 별님이가 또래에 비해 5~6개월 정도 발달이 지연되는 것 같아 걱정이 컸다. 하지만 주변에선 애기 때부터 수술도 많이 하고 전신마취를 많이 해서 늦되는 거니 괜찮을 거라 했다. 내가 봐도 조금 느릴 뿐이지 심각한 정도로 뒤처지는 것은 아니었고 별님이가 워낙 밝고 사회성도 좋아 친구들하고 잘 어울리고 말도 곧잘 하는 편이라 좀 더 지켜보기로 했다.

그러다 초등학교 입학 전 7세 때 내심 불안한 마음에 정확한 진단을 받고 싶어 모든 발달과 지능 검사를 했다. 검사 결과 IQ 74로 나왔고 경계선지능이라 했다.

'경계선지능? 이게 뭐지?'

처음 들어보는 낯선 단어였다. 일반 아이들보다 좀 느리다고는 생각했지만 수술과 교정에만 온통 신경을 쓰던 차라 경계선이란 말이 구체적으로 와 닿지가 않았다. 내가 잘 이해를 못 하고 어리둥절한 표정을 짓자 담당 선생님께서 이런 아이들 특성이 느리기는 해도 꾸준히 반복 학습하면 좋아지니 자극을 많이 주라고 하셨다. 아직은 어리니 자극을 많이 주고 노력하면 좋아질 수 있다고 희망을 주셨다.

그 전에도 아이의 발달에 좋다는 자극이나 학습, 체험 등 많이 했는데 다시 한번 정신 차리고 아이 발달에 더 많은 노력을 쏟아부었다. 중학교 때 다시 지능검사를 했지만 변함없이 똑같은 경계선지능으로 나왔다. 실망하는 내게 담당 선생님은 지능은 점점 나빠질 순 있지만 좋아지진 않는다며 지능은 노력해도 거의 변하지 않는다고 정확하고 냉정하게 말씀해주셨다. 어느 정도 예상은 했지만 이렇게 확인 사실을 받으니 맥이 빠졌다.

아이가 변하든 안 변하든 부모로서 최선을 다하고 싶었다. 태어나면서부터 초등 저학년까지 거의 10년 동안은 체험과 경험도 많이 시켜주고 발달에도 자극을 주었다. 심리적인 부분에서도 심리 치료와 미술 치료를 계속했고 미술, 피아노, 태권도, 댄스 등 예체능도 배우게 했다. 영화, 연극, 뮤지컬, 박물관, 역사관, 미술관 등 다양한 문화적 체험도 빼놓지 않고 함께했다. 내 기억으론 초등학교 3학년 때까지 주말에 거의 집에 있었던 적이 없었다. 이렇게 지낼 수 있도록 남편은 돈을 벌어야 한다는 압박감이 늘 컸던 것 같다. 주말도 없이 일에 매달렸고 집에 들어오면 파김치가 되어 아이와 놀아줄 체력이 남아 있질 않았다. 당시 남편은 입버릇처럼 '난 몸이 부서져라 일해서 돈 벌어올 테니 아이는 당신이 봐'였다. 주말에 가까운 공원 정도를 함께 다녔을 뿐 내가 봐도 남편에겐 시간이 없었다.

바쁜 아빠를 대신해 나는 열정적으로 아이의 손을 잡고 여기저기 많이 다니며 보여주고 경험시켜주었다. 내가 계획을 짜서 움직이는 성격이다 보니 별님이도 익숙해져 잘 따라와줬고, 떼를 쓰거나 고집을 부리지도 않았다. 놀기만 한 것이 아니라 공부도 계획적으로 열심히 시켰다. 한글은 5세 전에 다 끝냈고(아이는 유독 언어 쪽은 빨랐다), 산수는 놀이교구로 여러 번 하는데도 느려서 6~7세 때는 산수 공부를 시킬 때마다 내가 화를 많이 내서 아이가 주눅 들기도 했다. 거의 모든 시간, 놀이와 공부, 여행, 체험을 함께하다 보니 어느새 아이가 나의 가장 가까운 친구가 되어 있었다.

그땐 너무도 열정적이고 에너지가 많은 엄마였다. 조금 느리지만 생활하는 데 크게 문제가 없고 부모가 노력하면 잘할 수 있을 거란 확신과 믿음이 있었기에 최선을 다했다고 생각한다.

그런데 별님이는 가끔 나를 헷갈리게 했다. 어떤 면에선 비장애 아이보다 더 논리적으로 똑똑하게 말하고 학습이나 사회성 면에서 문제없이 지내다가도 어떤 날은 엉뚱한 말이나 행동으로 나를 당황하게 하거나 좌절시켰다.

초등학교 저학년 때의 일이다. 눈이 많이 오던 어느 겨울날, 방과 후에 아이를 기다리고 있다가 동네 아는 남자아이들과 장난으로 눈싸움을 하게 됐다. 다 아는 아이들이라 놀아줄 마음으로 눈싸움을 시작했는데, 어느새 격정적으로 승부욕이 불타오르다 보니 남자 아이들이 떼로 몰려와 내 얼굴을 눈덩이로 강타하기 시작했다. 눈덩이로 얼굴을 너무 많이 맞아서 난 만신창이가 되었다. 주변 여자 아이들이 걱정하며 괜찮냐고 다가왔다. 그때 우리 별님이가 눈에 보였다. 다른 여자 아이들이 걱정스럽게 나를 챙기는데 정작 우리 아이는 나를 보며 코미디 프로그램을 보듯 깔깔거리며 박장대소하고 있었다. 엄마가 여러 명의 남자 아이들에게 눈덩이로 세게 맞고 있는데 놀라거나 걱정은커녕 배를 움켜잡고 웃고 있는 아이를 보며 많이 당혹스러웠다.

'이게 뭐지? 우리 아이는 공감 능력이 없는 건가?' 혼란스러웠다.

또 하나의 선명한 기억이 있다. 별님이가 초등학교 저학년 때였는데 비가 와서 우산을 들고 아이를 기다리고 있었다. 그런데 날 보더니 활짝 웃으며 뛰어오던 별님이가 갑자기 운동장 한복판에서 뚝 멈췄다. 그러고는 비를 맞고 춤을 추기 시작하는 게 아닌가!

헉! 주변 아이들과 학부모들의 시선이 온통 별님이의 한 몸으로 쏠렸다. 난 당황스럽기도 하고 창피하기도 해서 아이에게 빨리 오라고 손짓했다. 별님이는 아랑곳하지 않고 "엄마, 엄마도 비 맞고 춤춰봐. 기분도 좋고 상쾌해" 하며 오히려 나에게 손짓을 했다. 그걸 본 옆의 엄마가 흐뭇하게 웃으며, "역시 딸이라서 감수성도 풍부하고 낭만적이네요. 너무 귀여워요"라 했다. 난 어색한 미소만 지었다. 순수하고 감수성이 풍부할 수도 있지만 남들이 하지 않는 엉뚱한 행동으로 주목받는 건 엄마로선 가끔 부담스러운 일이었다.

초등학교 입학 후 여러 걱정 때문에 매일 아이 손을 잡고 등하교를 시켰다. 외모에 대한 핸디캡이나 느린 것에 대한 놀림이나 괴롭힘이 있을까 봐 늘 교문 앞에 서서 노심초사 주시하고 있었다. 아이가 학교에서 있었던 일을 매일 자세하게 얘기하는 편이라 늘 예민하게 듣고 별님이가 불리한 일을 겪을까 앞서 걱정했다.

그러던 어느 날 초등학교 1학년 때의 일이다. 아이가 얼굴을 손

톱으로 긁혀서 왔다.

"누가 그랬어?"

같은 반 남자아이가 이유 없이 얼굴을 할퀴었다고 했다. 화가 난 나는 다음날 일찍 학교로 찾아가 그 아이를 불러 세웠다.

"네가 별님이 얼굴 저렇게 했어? 한 번만 더 그러면 너도 똑같이 해줄 거야."

내가 소리치며 으름장을 놓자 복도에 있던 아이들이 놀란 눈으로 숨죽여 보았다. 그날은 담임선생님이 안 계신 날이라 옆 반 선생님이 놀라 쫓아 나와 주의를 주겠다며 흥분한 나를 다독거리셨다. 나는 한 번만 더 이런 일이 있으면 가만있지 않겠다며 씩씩거리며 돌아왔다. 집으로 돌아오면서 그제야 마음이 좀 가라앉았다. 아이에게 조용히 타일러도 됐을 텐데, 너무 흥분해서 소리친 나를 돌아보며 '왜 그랬을까' 한숨이 나왔다. 내 아이가 야무지게 자기방어를 하지 못하니 나도 모르게 과잉방어 아니 과잉 공격적인 엄마가 돼가고 있는 건 아닐까 싶어 씁쓸했다.

"엄마, 우리 반 어떤 남자애가 나더러 장애인이래. 그러면서 다른 애들한테 바이러스 균이 있으니까 가까이 가지도 말고 내가 만진 물건에 손도 대지 말라고 했어."

어느 날 학교에서 돌아온 별님이가 울먹이며 말했다. 다음 날 당장 학교에 쫓아갔다.

"너 이리 와봐!"

나는 그 남자아이를 뒷문 외진 곳으로 데려갔다.

"별님이가 팔이 없어 다리가 없어, 말을 못 해? 왜 장애인이야?!"

나는 인상을 잔뜩 쓰며 다그쳤다. 아이는 잔뜩 겁을 먹어 아무 말도 못 했다.

"장애인은 너 같은 애가 장애인이야! 말 함부로 하고 개념 없는 애가 인격 장애라고, 알았어? 한 번만 더 그런 얘기 하면 가만 안 돼!"

내가 우리 별님이를 어떻게 키웠는데, 태어나서부터 수도 없이 수술하고 치료받는 내내, 행여 아이가 잘못될까 봐 잠도 못 자고 지켜보며 울며 지샌 밤이 얼만데!!! 내가 분노에 차서 매서운 눈으로 겁을 주자 그 아이는 사시나무 떨듯 떨며 알았다고 고개를 숙였다. 그 후로 그 아인 나만 보면 경기하듯 놀라서 뒷문으로 돌아갔다.

그러다 보니 일부 아이들 사이에선 '별님이 엄마 무서우니까 별님이 건들지 마라'는 소문이 돌았다. 가끔 남자아이들은 나를 보면 도망가거나 "아줌마, 오늘 제가 별님이 괴롭히는 애 혼내줬어요"라며 별님이의 든든한 지킴이가 되어주기도 했다. 그땐 내 불안이 커서 그런지 어린아이들이 생각 없이 한 장난이나 얘기에도 과민하게 반응했던 것 같다.

어쩌면 그런 나의 모습은 어린 시절의 내 마음이 투영됐는지도 모른다. 나는 어린 시절, 바쁜 부모를 대신해 뭐든지 혼자 알아서 하는 아이였다. 하지만 속으론 내가 힘들고 소외될 때 부모나 형제가 내 편이 되어주고 방패막이가 되어주길 간절히 바랐다. 늘 조용하고 할 말을 못 하는 소극적이었던 나는 별님이 때문에 바뀐 내 모습에 스스로도 화들짝 놀라곤 했다. 어느새 나는 아이를 위해 발 벗고 적극적으로 나서는 쎈엄마가 되어 있었다.

별님이 초등학교 때 알았던 동네 엄마가 시간이 한참 흐른 뒤 나에게 말했다.

"언니는 별님이 어렸을 때 되게 예민하고 특이했어요."

"내가? 왜 그렇게 생각했어?"

"애들이 놀이터에서 놀면 엄마들은 옆에서 수다 떨었잖아요. 그때 언니 눈은 항상 별님이를 주시하며 누가 미끄럼틀에서 밀거나 모래로 장난만 쳐도 득달같이 뛰어가서 하지 말라고 화냈어요. 언닌 항상 별님이만 보고 있었어요."

"다른 엄마들도 다 그러지 않아?"

"아뇨, 언니가 정말 유별났다니까요."

'그랬구나! 난 왜 그렇게 예민해질 수밖에 없었을까?' 그 말을 듣고 생각해 봤다. 나에게도 친한 학교 엄마가 있었다. 그 엄마 인연으로 만난 언니가 있었는데, "우리 반에 구순구개열 수술 자국 있는 여자아이가 있더라. 누군지는 몰라도 그 엄만 참 걱정이 많겠다"라고 했다. 내가 별님이 엄마인 걸 모르고 한 말이었는데 나중에 알고 너무 놀랐다고 했다. 아이가 그렇게 눈에 띄는 상처가 있거나 장애가 있으면 대개 엄마들이 위축되는데 내가 너무 당당하고 카리스마 있어서 의외였다고 했다. 난 엄마들 사이에서 비슷한 이야기를 많이 들었다. 늘 밝게 웃으며 씩씩했고 아이가 부족함이 있어도 주눅 들지 않고 요구사항이 있으면 당당하고 자신감 넘치는 모습으로 요구했다. 어쩌면 그때 나는, 여리고 약한 마음을 들키고 싶지 않아 쎈 척하며 나를 숨기고 있었는지 모른다.

태어나자마자 큰 수술을 여러 번 하고 수시로 병원에 치료를 다녔던 약하고 아픈 아이란 생각에, 나는 늘 별님이에게 든든하고 씩씩한 엄마가 되려고 했다. 그러다 보니 별님이를 괴롭히는 아이들에게 좋게 조용히 타일러도 됐을 일을 너무 날카롭고 예민하게 반응하기도 했다. 지금 생각해보면 그런 부분이 후회되기도 한다.

내 아이가 스스로 대처할 수 있는 방법이나 내면의 힘을 키워줬어야 했는데 엄마가 미리 해결해주고 나서다 보니 아이는 무슨 일이 생기면 내 뒤로 숨는 나약한 존재가 되어가고 있었다. 그땐 그게 내 아이를 지키는 최선의 방법이라 생각했는데 지금 와서 보니 무슨 일이 생길 때마다 엄마를 찾는 응석받이로 키운 건 아닌가 하는 후회가 된다. 돌이켜보면 나도 엄마는 처음이고 특수한 아이(아프고 느린)를 키우다 보니 우왕좌왕하며 놓치는 부분도 많았다. 나는 학교에서 무슨 일만 생기면 쪼르르 달려가는 3분 대기조 엄마였다.

초등학교 저학년 땐 엄마의 역할을 부단히 애쓰며 노력했다. 1학년 때는 방과 후에 아이들의 또래 관계 유지를 위해 각 집을 돌며 엄마들은 수다 떨며 티타임을 즐겼고 아이들은 친구들과 놀았다. 거의 매일 아이들 데리고 티타임을 즐기자는 엄마들 청을 난 한동안 거절하고 별님이랑 집으로 돌아왔다. 예습과 복습 때문이었다.

"별님이 엄마, 애들이랑 저희 집 가서 놀아요."

누군가의 엄마가 초대하면 별님이는 간절한 눈빛으로 가고 싶어 했지만 나는, "에고, 죄송해요. 저희는 오늘 할 일이 있어서요" 하고 별님이를 끌고 집으로 왔다. 내일 배울 과목을 미리 예습시켜주고 배웠던 걸 복습시켜야 했기 때문이다. 남들은 무슨 초등 1학년인데 그렇게까지 하냐고 생각할 수 있겠지만 느린 아이라 학습을 반복적으로 해줘야 그나마 다음날 발표라도 하고 자신감을 가질 거라는 조급함 때문이었다. 엄마들에겐 내색하지 않고 매일 예습과 복습을 시켰다. 덕분에 받아쓰기도 늘 100점, 국어도 100점, 산수나 구구단도 척척 잘했다. 어렸을 때부터 자주 도서관에 데려가고 초등학교 저학년까지는 자기 전에 매일 3, 4권 이상의 책을 읽어주었다, 목이 쉬도록!

책을 많이 읽어줘서 그런지 별님이는 동시나 글짓기를 하면 학교 신문에 실릴 정도로 우수했고 상장도 받았으며 그림도 잘 그리고 춤도 잘 췄다. 장기자랑을 하면 다른 아이들이 흔하게 하지 않는 벨리댄스 같은 걸 해서 압도적으로 1등을 했다.

학년이 바뀌면 매번 학기 초에 선생님들을 만나 뵙고 우리 아이가 느리다 보니 소외되지 않고 아이들하고 잘 어울리게 해달라고 부탁드리고, 학교의 모든 봉사활동은 도맡아 했다. 주변 엄마들하고도 친해지며 아이들과 잘 어울릴 수 있도록 노력하는 적극적인 엄마였다.

언제부턴가 여자아이들은 학교 끝나면 참새가 방앗간을 들리듯이 우리 집에 왔다. 말은 별님이랑 놀러 왔다고 했지만 내가 매일 만들어놓는 간식 때문인 것 같았다. 아이들은 오자마자 간식만 먹고는 금방 학원가야 한다며 일어서며 "아줌마, 간식이 맛있는데 좀 싸줄 수 있어요?"라고 했다. 왠지 호구가 된 것 같아 기분이 씁쓸했지만 그렇게라도 별님이에게 친구를 만들어주고 싶은 절실함에 계속 간식을 해줬다. 그런 나의 오지랖 덕인지, 별님이는 초등학교 3학년까지는 그럭저럭 학교생활과 또래 관계도 좋았다.

하지만 3학년까진 엄마의 노력으로 또래 친구가 맺어졌지만 고학년이 되면서 엄마의 입김이 통하지 않게 되었다. 나 역시 저학년 땐 아이들에게 협박이든 친절이든 별님이의 친구 관계에 간섭할 수 있었지만 고학년이 되자 불가능해졌다. 엄마인 내가 여전히 노력했고 그때까지는 잘해왔으니 별님이가 어떻게든 잘해갈 거라고 긍정적인 마음을 가지려고 애썼다.

하지만 별님이는 초등학교 4학년 때부터 조금씩 변해갔다. 공부도 안 하고 친구들도 안 만나고 하교 후 집에 오면 온갖 짜증과 화를 내며 반항 하기 시작했다. 매일 친구랑 놀던 아이가 어느 날부턴가 친구도 안 만나고 집에만 있었다. 너무 걱정돼서 조심스럽게 왜 요즘 친구들이랑 안 노냐고 물어보았다.

"애들이 날 무시하고 차별하잖아. 누굴 바보로 아나?"

"왜, 무슨 일이 있었는데?"

"만나서 뭐 먹으러 가면 지들끼리는 5,000원씩 걷고 나만 1만 원 내래. 너무 부당한 거 아냐? 그리고 나 느리다고 답답하대. 이제 친구들 안 만날 거야."

아이는 짜증 섞인 목소리로 체념하듯 얘기했다. 엄마들하고도 친하게 같이 자주 어울렸으니 문제없을 줄 알았다. 엄마들하고 가까우니 지들끼리 티격태격하면 서로 잘 지내라고 타이를 줄 알았다. 하지만 그건 나의 기대였을 뿐, 그들도 사춘기에 들어선 자기 딸들을 컨트롤하긴 어려웠던 것 같다. 별님이는 그동안 나름 괜찮은 척 웃고 있었지만 많이 힘들고 스트레스가 쌓인 듯했다. 그래서 "그럼 당분간 친구 때문에 스트레스받지 말고 너 하고 싶은 대로 편하게 해" 하고 아이 편을 들어주었다. 한동안 아이는 학습도 안 하고 외부와 단절한 채 학교 끝나고 집에 오면 엄마에게 온갖 짜증을 내며 혼자 있는 시간을 선택했다.

그러던 어느 날 4학년 2학기 겨울방학 무렵 동네에 아는 엄마가 전화를 했다.

"언니, 내일 우리 이사하는데 방학이라 아이가 가 있을 데가 없어. 잠깐 언니네 집에 가 있으라고 해도 돼요?"

별님이 어렸을 때 동네에서 알게 된 엄마로, 별님이가 그 집 아들과 잘 놀았고 아이가 순해서 나도 그 집 아들을 예뻐했다. 그 집 가족과 여행도 같이 갔을 정도로 친했기에 흔쾌히 그러라고 했다. 별님이도 방학이라 집에만 있어서 그런지 그 아이가 온다 하니 오랜만에 본다며 좋아했다.

다음날 그 집 남자아이가 우리 집에 왔고 같이 점심을 먹은 후 거실에서 놀다가 그 남자아이가 별님이 방에 가서 놀고 싶다며 둘이 방으로 들어갔다. 난 거실 소파에 앉아 책을 읽었다. 아이들이 방에 들어간 지 5분 정도 됐을 땐가, 별님이의 당황스러운 목소리가 들려왔다.

"하지 마, 하지 말라니까." 별님이의 호소하는 듯한 목소리가 들려왔고 직감적으로 뭔가 이상한 느낌이 들어 다급하게 방문을 열었다. 그 순간 그 남자아이랑 눈이 마주쳤다. 그 애는 놀라 불안한 눈빛으로 날 쳐다보았다. 그다음 순간 내가 마주한 광경은 충격적이었다. 별님이는 하의와 속옷이 벗겨진 채 책상에 엎드려 날 보며 "엄마, 내가 하지 말라고 했는데도 계속 애가 내 바지랑 속옷을 벗겼어" 하며 울먹였다.

"괜찮아, 엄마가 있잖아."

몹시 당황스러웠지만 내가 흥분하면 별님이가 더 놀랄 것 같아 애써 침착하게 아이를 안심시켰다. 그리고 별님이를 방에서 데리고 나온 뒤 자초지종을 듣고 아이를 진정시킨 뒤, 그 남자아이가 있는 방으로 들어갔다.

"우리 엄마한테 말할 거예요?"

날 보자마자 그 아이가 한 첫마디였다.

"부탁인데 말 안 하면 안 돼요?"

아이는 초조하고 불안한 눈빛과 간절한 말투로 애원했지만, 난 이 상황을 엄마에게 알려야겠다고 하며 그 엄마한테 말했다.

"언니, 내가 그 상황을 본 것도 아니고 우리 아이한테도 물어봐야 할 것 같아요."

그 아이 엄마는 집에 가서 전화하겠다며 미안하다는 말도 없이 아이를 데려갔다. 그 무성의한 태도에 화가 났다. 하지만 그들의 사과보단 우선 별님이 상태가 먼저라 아이랑 차분하게 대화를 나눈 뒤 안정시켰다. 아이가 잠든 사이 부모로서 어떻게 대처할지 머릿속이 복잡했지만 정신 차리고 인터넷을 검색했다.

신촌에 해바라기센터라는 성폭력 상담소가 있었다. 다음날 아이랑 그곳을 방문했다. 이런 상황도 처음이고 전혀 예측하지 못했기에 대처 방법을 몰랐다. 전문가의 이야기를 듣고 막상 이번 일로 상담받다 보니 또다시 아이에 대한 이해도와 배움의 시간이었다.

상담 선생님께선 경계선 아이들은 순간 당황하면 의사 표현을 잘하던 아이도 대처 능력이 떨어질 수밖에 없다고 설명해주셨다. 여러 심리상담을 받으며 별님이는 안정을 찾아갔다. 상담센터에선 남자아이도 따로 상담이 필요하니 그 부모에게 연락해서 꼭 상담을 받도록 하라고 했다. 그 후 사과의 말 한마디 없는 그 엄마랑 인연을 끊을 생각이었지만 마지막으로 전화했다.

"자기 아들도 상담을 받아야 한대."

"제가 알아서 할게요."

전화를 끊으려던 그 엄마가 오히려 나에게 반문했다.

"언니, 근데 평소에 자기 의견을 똑 부러지게 말 잘하고 의사 표현이 정확한 별님이가 왜 아무 말도 못 하고 가만히 있었대요?"

마치 우리 애가 이해가 안 간다는 식이었다. 그 순간 이 엄마가 이 정도였나 싶었고, 그런 사람이랑 어울려서 내 아이에게 상처를 줬다는 생각에 별님이에게 미안해졌다. 이번 일로 그 사람 인성을 바닥까지 알았으니 차라리 잘된 일이다, 싶었다. 그땐 방학 중이었고 학교가 아니라 우리 집에서 벌어진 일이었고 그 남자아이가 같은 학교 학생도 아니어서 인터넷 검색해 해바라기센터를 찾아갔지만, 요즘은 다른 학교 학생이라도 피해 학생이 다니는 학교에 신고하면 자동으로 교육청을 통해 가해 학생에 대한 지도가 이루어진다고 했다. 워낙 상상하지 못했던 일을 졸지에 당하고 보니 별님이보다 내가 더 놀라고 당황했던 것 같다.

요즘 뉴스에서 심심치 않게 성폭력에 노출된 느린학습자 사건을 볼 때마다 그때 생각이 나서 또다시 곱씹어 보게 된다. 평상시 말이 유창해도 갑작스런 상황에 대처 능력이 떨어지는 느린학습자 아이들은 자신이 감당하기 어려운 폭력적인 상황이나 돌발 상황에 노출했을 때 대항하거나 항변하지 못하고 '웃는다'고 했다. 무력감의 표현이다. 하지만 경계선지능에 대한 이해가 부족한 이들은 '웃었기 때문에', '지적장애가 아니기 때문에', '성인이기 때문에' 동의하거나 합의한 것 아니냐고 말한다.

그때 그 상황은 아무리 돌이켜봐도 불쾌하고 괘씸하지만, 그 일을 계기로 해바라기센터를 알게 되고 다양한 성 문제에 대한 상담을 받게 돼서 나나 별님이에겐 매우 아픈 예방주사가 되었다고 생각한다.

사실 초등학교 땐 느리고 가끔씩 엉뚱한 행동을 했지만 나의 치맛바람 때문인지 학교생활도 잘하고 크게 문제 행동을 하지 않아서 선생님 외의 사람들에게는 굳이 별님이가 느린학습자라고 말할 필요성을 못 느꼈다. 근데 그 일 이후 우리 아이에 대해 미리 얘기했다면 뭔가 상황이나 그들의 태도가 달라졌을까 싶어 머릿속이 복잡했다. 그 사건으로 개념 없고 무례한 그 가족의 태도에 실망하며 그 집과는 인연을 끊었다.

앞으로 남은 초등 시절을 어떻게 해야 할지에 대한 물음표를 남긴 채 다사다난했던 별님이의 초등 시절이 힘겹고 빠르게 지나가고 우여곡절 끝에 졸업식을 맞이했다.

3

경계선 대안학교가 선물한 행복

　어느덧 별님이는 천방지축 초등학생을 지나 예쁜 교복을 입고 설렘과 걱정을 안은 채 중학교에 입학하게 되었다. 선택의 여지 없이 집 앞에 있는 일반 중학교에 입학했다. 나는 학교의 첫 행사인 학부모 모임에 가게 됐다. 행사를 끝내고 집으로 가려는데 별님이가 보였다. 반가운 것도 잠시, 쉬는 시간이었는지 아이는 축 늘어진 어깨로 맥이 하나도 없이 혼자 복도를 걸어가고 있었다.

　'우리 아이가 힘들구나' 싶어 울컥했다. 나는 곧장 학교 상담실을 찾아갔다. 상담 선생님께서 우리 아이 이름을 물어보셨다.

　"별님이에요."

　"아, 네~ 그렇잖아도 어머님과 면담해보고 싶었어요."

선생님은 나를 반갑게 맞아주셨다. 별님이에 대해서도 잘 알고 계셨다. 중학교 입학 후 친구들과 어울리지 못하고 쉬는 시간이나 점심시간마다 상담실에 찾아와 선생님에게 이런저런 얘기도 하고 심부름도 종종 하며 선생님과 친하게 지낸다는 것이다. 처음 본 나에게 친절하게 별님이의 장점을 얘기해주시면서 걱정도 해주셨다. 그나마 친구는 없어도 상담 선생님과 잘 지낸다니 감사하고 안심되었다.

상담 선생님을 만나고 돌아온 나는 여러 생각에 머릿속이 복잡하고 답답했다. 초등학교와 달리 중학교는 난이도가 높아져 학습도 버거워했다. 중학교는 모둠 활동도 많아져 같이 잘 어울리지 못하면 왕따 되기가 쉬운데 친구들과 교류도 원만하지 못하니 아이의 스트레스 지수는 높아지고 자존감이 많이 떨어질 듯했다.

중학교 입학 후 아이의 얼굴은 점점 그늘지고 우울해 보였다. 별님이를 도울 방법이 뭘까? 며칠을 고민하다 일단 일반 중학교에서 빼내야겠다는 생각이 들었다. 우리 아이 같은 경계선 아이들이 다니는 대안학교가 있지 않을까? 폭풍 검색을 해보니 지금 막 새로 설립한 경계선 대안학교가 있었다. 반가운 마음에 아이랑 상담을 받으러 갔다.

상담을 하고 난 뒤 아이도 마음에 들었는지 빨리 대안학교로 전학 가고 싶다고 했다. 나 역시 우리 아이에게 적합한 학교라는 판단이 들었지만 거리가 멀어서 이사를 해야 했다. 남편은 내켜 하지 않았다. 남편은 그때까지 아이가 다른 아이들보다 부족하다는 것을 인정하지 않았고, 이사할 경우 출퇴근 시간이 너무 길다며 반대했다. 그리고 상담받으러 가서 일반 상가 건물에 있는 대안학교 규모를 보고 충격을 받았는지 '도저히 이런 곳엔 못 보내겠다'며 눈물을 보였다. 남편의 눈물을 그때 처음이자 마지막으로 보았다. 사실 그때까지 남편은 별님이 수술비, 치료비를 대느라고 몸이 부서져라 일만 했지 별님이의 학교 생활을 세세히 알지 못했다. 나도 늘 일에 허덕이고 있는 남편에게 시시콜콜 별님이의 힘든 학교 생활을 말하기가 미안해서 모든 걸 나 혼자 알아서 해결하고 있었다. 하지만 중학교에 들어오니 이제 별님이의 학교 생활에 내가 끼어들 수가 없었다. 오롯이 별님이 혼자 알아서 해결해야 하는데, 일반 중학교에 들어간 지 한두 달도 안 돼서 벌써 아이는 왕따가 되어가고 있었다. 나는 남편에게 단호하게 말했다.

"당신이 정 출퇴근이 어려우면, 나랑 별님이만 이사할게. 주말부부로 보내자."

결국 남편이 양보했다. 아무에게도 얘기하지 않고 친정엄마에게만 사실을 말한 뒤 일산으로 이사했다. 대안학교로 가기 전에 아이에게 정확하게 자신의 상태를 알려주었다.

"별님아, 너 지난번 지능검사 했을 때 경계선지능이라는 진단을 받았어. 그래서 그동안 네가 학습도 어려워하고 행동도 느리고 못 하는 게 많았던 거야. 그러니 노력을 안 했다거나 잘못했다거나 그런 생각은 안 해도 돼."

순간 별님이가 안도의 한숨을 내쉬었다.

"그렇구나. 다행이다. 난 내가 바보고 못난 사람인 줄 알았지. 내가 지능이 경계선이어서 그런 거였구나."

자기가 노력을 안 하거나 잘못해서가 아니라 그렇게 태어난 거라고 하니 오히려 편안하게 받아들였다. 아이의 상태를 진작 말해줄걸. 아이가 자신에 대해 정확하게 알고 있는 게 막연한 불안과 자책을 안고 살아가는 것보다 더 낫지 않았을까라는 생각이 그제야 들었다.

온 가족이 이사해서 대안학교로 전학 온 게 과연 잘한 것일까라는 불안이 없었다면 거짓말이다. 그런데 다행히 입학 후 아이는 자신의 수준에 맞는 학습과 일반 학교에선 하지 않는 실습과 체험 등 다양한 활동을 하니 좋아했다. 아이의 자존감도 높아지고 표정도 한결 밝아졌다. 선생님들도 경계선 아이들에 대한 이해도가 높아서 잘 소통해주셨고 비슷한 아이들이다 보니 나름 서로 이해하고 배려하며 학교 생활을 잘했다.

"엄마, 예전 일반 학교에선 학습도 어렵고 나만 느려서 나도 답답하고 주변에서도 답답해했는데 여기 오니 학습 수준도 비슷해서 마음도 편하고 눈치 안 봐서 좋은 것 같아."

아이는 학교 생활에 매우 만족해했다. 이사까지 하며 큰 결심을 하고 온 거라 수시로 아이에게 학교 생활 괜찮냐고 확인하고 또 확인했다. 대안학교는 설립한 지 얼마 안 된 신생 학교라 인지도도 없어서 학생 수가 많지 않았다. 별님이가 다닐 때는 30명 안팎이었는데 최근엔 60명이 넘는다고 했다. 그만큼 경계선 아이에 맞는 수업과 학교를 필요로 하는 부모와 학생들이 많다는 것이리라.

수업은 나이대로 반을 나눈 뒤, 과목별 학습 수준에 따라 A, B, C 반으로 나누어서 진행되었다. 그러니 아이들은 어떤 과목은 A반, 어떤 과목은 C반으로 맞춤형 교육을 할 뿐 누가 잘하고 못한다는 생각을 가질 필요가 없었다. 이런 기본 학습 외에 외부 강사를 초대해서 경제 개념이나 성교육을 받았고 신체 발달을 위한 놀이 위주의 체육을 했다. 난타 같은 음악을 통해 스트레스도 날렸고 마트에 가서 직접 장을 본 뒤 스스로 요리도 했다. 바리스타 교육이나 쿠키, 잼 만들기를 통해서 직접 판매도 하는 등 다양한 체험을 했다. 그런 판매 활동이 있는 날엔 말주변 좋고 사교성 좋은 별님이는 단연 돋보였다. 아이는 정말 행복해했다.

"초등학교 다닐 때 힘들었던 거나 속상한 거 있어?"

한참 시간이 지난 후 물어보자, 아이는 "아니, 없는데"라고 했다. 애써 기억하고 싶지 않은 건지 잊은 건지 잘 모르겠다. 별님이를 대안학교에 보내고 난 후엔 나도 걱정이 없어지고 편안해졌다. 예전엔 학교를 보내놓고 늘 불안하고 무슨 일이 생길까 봐 안절부절못하며 하루하루 보냈는데, 이젠 해방되어 마음 편한 시간을 보냈다. 내가 마음에 안정을 찾으니 아이에게도 마음이 열렸다.

"별님아, 생각해보니 엄마 욕심에 예전에 널 힘들게 한 것 같아. 그땐 엄마도 몸과 마음이 지쳐 있어서 네가 힘들 때 널 보듬고 이해할 마음의 여유가 없었나 봐. 네가 화내고 짜증 낼 때 같이 화내고 소리 질러서 미안해. 진심으로 사과할게."

어느 날, 내가 진심으로 사과하자 아이는 "괜찮아, 기억 잘 안 나"라며 나를 토닥여줬다. 그만큼 우리 둘 다 마음에 여유가 생겼나 보다.

대안학교는 다닐 때는 즐겁지만 미인가라 졸업 인정이 되지 않았다. 중학교 땐 검정고시를 봐서 졸업장을 취득했지만 고등학교 땐 아이가 검정고시를 보기 싫다 해서 방통고를 다녔다. 주중엔 대안학교 생활을 하고 주말 동안 학교에 가서 학업하고 온라인으로 고등과정을 학습했다. 중간중간 시험을 봐 모든 과정을 이수하여 결국 졸업장을 취득하였다. 대안학교에 다니며 틈틈이 중학교 검정고시를 공부하며 합격했을 때 아이의 성취감은 컸다. 성실하고 꾸준하게 방통고를 다녀 3년 과정을 이수한 것에 대해서도 아이는 스스로 무척 뿌듯해했다. 어디든 모든 길이 있었다.

나는 심한 계획형 엄마다. 여행을 갈 때도 5분, 10분 단위로 나누어 일정을 짤 만큼 철저히 계획해서 뭐든 최대한 즐기고 누리는 것을 좋아한다. 대안학교에 와서 느린학습자의 특성과 속도를 공부하고 나니, 가성비와 효율성을 최고로 치는 치밀하고 정확한 엄마 때문에 느린 우리 아이는 얼마나 숨차게 허덕이며 쫓아왔을까 생각하니 미안한 마음이 들었다. 앞으로는 조금만 더 느슨하고 느리게, 아이와 속도를 맞춰 즐겁게 편하게 살아보자 하는 마음이었다. 내 욕심에 그동안 아이를 몰아세우며 숨 막히게 플랜을 세우고 다그쳤던 것 같다.

아이도 대안학교에 오니 조금 숨통이 트였나 보다. 야뇨증이 있던 아이에게 야뇨증이 없어졌고 나 역시 피곤할 정도로 꿈을 많이 꿨는데 한동안 꿈을 꾸지 않았다. 별님이가 편하다면 나는 무조건 좋았다. 그동안 경계선에 대한 이해도가 많이 부족했다. 느린학습자에 대한 어떤 정보도 없고 관련 도서도 많지 않았다. 그러다 보니 혼자서 고군분투하며 앞만 보며 전력 질주하는 경주마처럼 살았다. 대안학교로 오니 마음을 나누고 공유할 수 있는 선생님과 학부모들이 있어서 다행이었다. 그동안 일반 학교에서 받았던 힘듦과 상처를 여기 와서 치유받는 듯했다. 그렇게 아이와 나는 서서히 안정된 생활을 했다.

대안학교 입학 몇 달 후 선생님과 면담하는 시간이 있었다. "몇 달 동안 별님이를 지켜보니 그동안 아이의 학습과 행동을 위해 어머님이 얼마나 지극정성으로 노력했는지가 느껴지네요. 그동안 고생 많으셨어요."

선생님이 그렇게 말씀하시는 순간, 나는 하염없이 눈물을 쏟았다. 10년 넘게 나 혼자 고군분투하며 이게 맞는 건가 수없이 자문자답했던 나, 누구에게도 푸념하지 않고 드러내지 않으며 묵묵히 아이만 보고 여기까지 왔던 나, 아무렇지 않은 척 씩씩한 척 애쓰며 살아왔던 나, 여기까지 오느라 외롭고 험난했지만 그동안의 노력이 헛되진 않았구나라는 안도감과 수고를 인정받은 듯한 감정이 교차하며 계속 눈물이 흘렀다.

'앞으로 다 잘될 거야. 휴, 다행이다.'

몸과 마음이 편해지니 그동안 감사한 것들이 많았다. 온전히 아이만 돌보며 모든 것을 쏟아부을 수 있었던 시간과 경제적 여건, 마음을 나눌 수 있는 경계선 대안학교 선생님과 학부모들, 너무나도 계획적인 엄마 옆에서 숨이 찼을 텐데 잘 따라와 주고 건강하고 밝게 커가고 있는 우리 별님이, 모든 것이 감사했다.

대안학교를 선택한 후 아이와의 관계도 좋아졌다. 나에게 그 시절은 행복한 추억과 기억으로 가득했다. 그렇게 대안학교에서 보낸 중고등학교 시절은 아이에게도 나에게도 행운이었다. 아이를 케어하고 교육하는 동안 나도 성장하고 있었다.

4

딸의 남자친구를 그려보며

　20대의 내가 그러했듯 싱그럽고 꽃다운 시절이 우리 딸에게도 찾아왔다. 대안학교를 졸업한 별님이의 친구들은 대학에 가거나 비정규직 단기 일터지만 직장을 다니거나 아르바이트를 했다. 우리 딸은 그동안 학교 생활을 열심히 했으니 당분간 집에서 놀며 하고 싶은 걸 찾겠다고 했다. 생각해 보면 아이는 계획형 엄마 때문에 다른 아이들에게 뒤처지지 않으려고 숨 가쁘게 달려왔다. 성인이 된 딸의 의견을 존중해서 하고 싶은 대로 하라고 했다. 대안학교를 졸업하고 이제 겨우 20살이니, 1~2년 정도 쉬면서 천천히 계획을 세워도 되겠다 싶어 여유를 갖고 기다리기로 했다.

　그래도 스스로 용돈은 벌어야 한다는 생각에 아빠 사무실에 나가서 간단한 청소나 커피 심부름을 몇 시간씩 하기로 했다. 하지만 사무실에 일도 많지 않은데 비싼 점심 사달라, 커피 사달라 하는 딸 때문에 남편은 다른 직원들 눈치가 보인다고 했다. 아빠 사무실 출근을 중단했는데도 딸은 그냥 출근하는 게 좋았는지 연락도 없이 사무실에 나가 있어서 남편을 당황시키곤 했다. 그로 인해 몇 번 아빠랑 갈등이 생기자 아이는 더 이상 사무실에 나가지 않았다. 대신 워낙 활동적인 아이라 팝업 스토어나 컬래버 카페에 가서 사진을 찍으며 인스타 활동을 즐겼고 공연이나 전시회도 보러 다니며 여기저기 매일 나가면서 즐거워했다.

조금 시간이 지나니 뭘 배우고 싶다며 여성회관에 등록하여 일주일에 두 번씩 자격증반이나 취미반에 다녔다. 보통 40~50대, 많게는 60대 이상의 주부들이 이용하는 곳인데 아주머니들과 친하게 지내며 수업도 재밌게 잘 다녔다. 워낙 인사성도 좋고 밝다 보니 아주머니들이 우리 딸을 예뻐했다. 수업이 끝나고 쉬는 시간이나 종강 때도 빠지지 않고 아주머니들과 어울려 치맥도 하고 도란도란 얘길 나누고 왔다는 사교적인 딸을 보며 기특했다. 집에서 빈둥대지 않고 뭐라도 하며 다니는 딸이 대견했다. 매일 바쁘게 생활하기에 딸도 만족해했다. 그렇게 훌쩍 1~2년이 지났다.

"이젠 하고 싶은 것도 하고 놀러도 많이 다녔으니까 일자리나 미래에 대한 계획을 세워야 하지 않을까?"

어느 날 딸에게 넌지시 물어봤다.

"난 요즘 행복해. 더 놀고 싶어."

딸이 해맑은 표정으로 말했다. 나 역시 다른 아이들이 대학에 다니는 동안, 딸이 활동적이고 적극적으로 다양한 경험을 즐기도록 더 여유 있게 기다려 보기로 했다. 딸이 성인이 되어 활발하게 돌아다니니 그동안 헬리콥터맘으로 딸 주위만 맴돌며 살던 나도 조금은 자유로워졌다. 하지만 아이가 크니 학교 때와는 또 다른 고민이 생겼다. 학교에 다닐 때는 폭력과 왕따가 걱정이었지만 이제는 활짝 핀 딸의 모습이 걱정이었다. 더구나 요즘은 멀쩡한 비장애 아이들도 수시로 데이트 폭력 같은 일을 당하니 아이가 너무 늦거나 잠시라도 연락이 안 되면 불안하고 걱정이 되었다.

딸은 어렸을 때부터 여자 친구보단 남자 친구들과 잘 어울렸다. 남자 친구들은 '영화 보자~!' 해서 만나면 딱 영화만 보고 헤어지는데, 여자 친구들은 '쇼핑하자~!' 하고 만나서 쇼핑하고 나면 커피숍 가고 영화관 가고, 수다 떨고 자기들 기분 내키는 대로 끌고 다니다 툭하면 잘 삐져서 피곤하다는 것이다. 매사 남에게 맞춰주는 생활에 익숙하고, 아무래도 공감력이나 분위기 파악에 좀 느린 아이들에겐 여자아이들의 섬세한 감정 변화를 캐치하는 게 어려운 탓도 있는 것 같았다.

"여자 친구들은 뭐든지 다 들어주고 맞춰주지 않으면 꼭 삐져."

그래서인지 자기가 할 말 다해도 크게 상처받지 않고 잠깐 만나 편하게 같이 행동하다 쿨하게 헤어지는 남자 친구들이 딸아이의 성향엔 편한 것 같았다. 게다가 아이는 여자애들이 관심을 갖는 옷 쇼핑이나 화장품에 흥미가 없다 보니 더 그런 것 같았다. 아이는 20대가 되니 동성 친구들과 점점 더 멀어졌다.

딸아이는 함께 영화를 보거나 연극을 보러 다닐 남자 친구는 있지만 아직 이성 친구를 사귀어본 적이 없다. 가끔 호감이 가는 이성 친구가 있으면 괜히 웃기려는 개그 본능이 발동하는데, 그게 아직 그들에겐 매력적으로 보이지 않는 것 같다. 나이가 나이인 만큼 요즘 이성 친구가 있는 친구들을 부러워한다. 그리고 자기도 이성 친구가 생겼으면 좋겠다는 말을 자주 한다. 이성 친구가 생기면 뭘 할 것인지 물으면 소소하게 함께 영화 보고 커피 마시고, 놀이동산 같은 곳에 다니고 싶다고 했다.

하지만 그런 딸의 소망을 들을 때마다 엄마로서 걱정될 수밖에 없다. 요즘 특히 데이트 폭력이나 이별 폭행 같은 뉴스가 많은데, 자기방어가 잘되지 않는 아이들이라 특히 걱정된다. 초등학교 때 무방비 상태로 당했던 그 일이 있어서 이후론 남자 친구랑 어울리거나 같이 있기만 해도 예민해질 수밖에 없었다. 성인이 된 후엔 아빠 빼고는 가까이 있는 친척과도 단 둘이 있는 상황을 만들지 않고 계속 주시했다. 초등학교 그때도 그나마 내가 거실에 있다가 현장을 목격했으니 그 아이가 순순히 인정했지, 내가 옆에 없었으면 오히려 불리하게 몰렸을 수도 있었을 거란 생각을 하면 아찔해진다.

이제 별님이가 성인이 돼서 일일이 내가 따라다닐 수 없으니 늘 불안하고 걱정된다. 아는 사람 관계에서도 사고가 많은데 인스타나 블로그 같은 SNS를 통해 모르는 사람이 쉽게 접근할 수 있다 보니 위험은 곳곳에 있는 셈이다. 늘 아이에게 조심하라고 반복할 수밖에 없다. 학교만 졸업하면 좀 나을 것 같았는데 학교를 벗어나니 더욱 걱정이 커진다, 느린학습자 부모는!

5

카페나 하자

　시간은 생각보다 빠르게 흘러갔다. 별님이가 졸업하고 놀기 시작한 지 3년쯤 되자 딸과 아빠의 트러블이 시작되었다. 아빠는 아빠대로 하는 일이 잘 안돼서 경제적으로 어려워지고 있는데 아무 생각 없이 돈만 쓰고 계획 없는 딸이 못마땅해 보였나 보다. 딸이 하루 종일 나가서 있었던 일들을 신나서 재잘재잘 얘기하고 있는데 아빠는 퉁명스럽게 "도대체 몇 살인데 언제까지 만화 좋아하고 캐릭터 좋아할 건데?"라고 핀잔을 줬다. 그리고 "언제까지 아무 생각 없이 돈만 쓰러 다니냐"며 한심하다는 어투로 딸을 몰아세웠다. 그러면 딸도 발끈해서 "내가 알아서 할 테니까 신경 꺼!" 하고 화를 냈다. 그렇게 저녁만 되면 아빠와 딸은 티격태격 말싸움을 했다. 아빠 마음도 이해가 됐다.

"엄마가 일자리나 할 수 있는 거 알아볼 테니 할 마음 있어?"

"응. 나도 알바나 일하고 싶어. 근데 막상 어떻게 해야 할지 모르겠어."

"알았어. 엄마랑 알아보자."

그때부터 우리 딸이 뭘 할 수 있을지 알아보기 시작했다. 일반 일자리 고용센터나 여성 복지센터에 문의해보니 할 수 있는 업무가 제약적이었다. 다른 루트를 찾아보고자 장애인센터나 복지센터에 문의하니 장애인증이 있어야 한단다.

경계선 청년들은 장애인보단 업무 수행 능력도 좋고 조건이 좋아 장애인증만 있으면 수월하게 취업이 될 텐데 왜 안 만들었냐고 가는 기관마다 안타까워했다. 대안학교에 다닐 때 선생님과 학부모들이 장애인증을 만들라고 권유했었다. 그런데 중학교 때까지만 해도 남자아이들은 군 문제 때문에 대부분 어렸을 때 장애인증을 만들었는데 우린 여자아이라 아에 생각도 안 했고 꼭 필요할까 싶어 망설였다. 한편으로는 장애인이라는 낙인에 고민을 많이 했었다.

고민하는 사이에 세월이 흘렀다. 고등학교 때 만들려고 하니 어렸을 때의 병원 진료나 약 복용, 그런 쪽으로 병원 기록이 전혀 없어서 안 된다고 몇 차례 거절당했다. 별님이는 여지껏 정신적인 문제로 약을 복용한 적도 없었고 장애 등록을 받을 만한 병원 기록이 없었기에 병원에서도 장애인증은 만들기 쉽지 않을 거라고 했다. 이런 걸 예측했던 부모들은 아이들이 어렸을 때부터 병원 기록이나 약 처방 받은 걸 꾸준히 모으고 필요한 상황에 장애인증을 만들었다. 덕분에 어찌 됐든 장애인증이 있는 아이들은 장애인법이라는 제도 안에서 보호받고 있었다. 대학 입학이든 취업이든 장애 혜택으로 어디든 소속되어 사회 구성원으로 살고 있었다. 취업을 알아보며 여러 가지 난관에 부딪치자 나도 그들처럼 발 빠르게 장애인증을 준비했어야 했나 싶어 후회가 됐다.

아는 엄마에게 그런 얘길 했더니 그 엄마는 다른 고민을 말했다.

"그게 꼭 좋은 것만도 아니야. 장애인도 여러 등급의 장애가 있다 보니, 우리 앤 다른 장애인들 사이에서 '내가 진짜 장애인인가?' 하며 정체성에 혼란을 느끼더라고. 자기 상황을 받아들이기 힘들어하고 장애인이란 꼬리표에 부담을 느껴."

우리 아이들은 비장애인과 장애인 사이에 애매하게 끼어 있다. 꼬리표를 달더라도 사회 보호 안에 있기 위해 장애인증을 만들어야 하는 것인가! 꼬리표를 달지 않고 사각지대의 위험에 노출된 채로 살아야 하는 것인가! 그나마 시기를 놓치면 장애인증을 만들기도 어려워지니 어느 것도 제대로 된 해결책은 아니다. 어떤 선택이든 우리 아이들은 힘들다.

사실 아이가 경계선지능이라 다른 사람들처럼 직장 생활이 어려울 것이란 생각이 들면서 우리 가족은 자주 "카페나 하자!"고 말했다. 어렸을 때부터 취직 못 하면 "엄마랑 카페나 하자!" 해서 아이는 그동안 바리스타 교육도 받았다. 커피도 워낙 좋아하니 카페를 해보고 싶다는 말도 자주 했다. 꿈이 카페 주인이 된 셈이다.

장애인센터, 복지센터에 연락해 봐도 취업이 쉽지 않다는 걸 알면서 구체적으로 카페 운영에 대해 알아봤다. 일자리를 구하는 게 어렵다면 내가 데리고 일해 보자 싶었기 때문이다. 하지만 사전답사도 하고 창업 강의에도 가보고 카페를 하는 지인들을 만나보니, 현실적인 위험이 너무 커 보였다. 카페를 운영하려면 인테리어 비용과 임대료, 인건비, 재료비 등이 필수인데 요즘은 골목마다 저가 커피 체인점이 빼곡해서 살아남기가 정말 어렵다는 것이다. 공연히 아이 일터를 만들어주려다 오히려 온 가족이 경제 도산을 할 수도 있다는 말에 "카페나 하자!"는 말은 깨끗이 접었다.

우리 딸 같은 상황에 놓여 있는 경계선지능인이 통계상 13.5퍼센트라고 하는데 성인이 된 아이들은 무슨 일을 해서 생활할까 하는 현타가 왔다. 통계에 잡힌 게 13.5퍼센트이지 본인이 경계선인지도 모르고 살아가는 경우도 있고 혹은 경계선인지 알아도 어떻게 교육을 받고 자립해야 하는지 방법을 모른 채 사회에서 소외되어 이방인으로 살아가는 사람들까지 감안한다면 족히 15퍼센트는 될 것이다. 그러면 그들은 이 나라에서 무슨 일을 해서 삶을 유지하고 있을까.

아이가 한 명이고 아이 상황을 빠르게 인지한 엄마 덕에 금전적인, 시간적인 지원을 다 받은 우리 아이도 갈 곳이 없는데 가정 형편이 어렵거나 외부모 아이라 발달에 필요한 교육을 제때 받지 못한 채 사회에 나온 아이들은 지금 어떻게 됐을까?

딸이 성인이 되어 취업을 알아보다 보니 많은 난관에 부딪치며 한계가 느껴졌다. 딸도 나름 알바도 알아보고 단기 취업에 이메일 접수도 해보고 전화도 해봤지만 번번히 거절당했다. 여러 차례 좌절을 겪으니 그렇게 밝던 딸이 실망과 함께 의기소침해졌다. 앞으로 어떻게 사회 구성원으로 살아갈 방법을 찾을 수 있을까. 우리 가족은 심각한 고민에 빠졌다. 당장 장애인증을 발급해주거나 취업을 시켜주진 못하더라도, 이 아이들이 장차 독립할 수 있도록 제대로 된 맞춤형 교육을 해줘야 여건에 맞은 일자리를 찾아갈 수 있지 않을까 싶었다.

그러는 동안 딸은 아빠랑 계속 사이가 안 좋았다. 여러 가지 스트레스를 받았는지 나에게도 신경질이었다. 어느 날 자정이 넘도록 안

자고 컴퓨터만 하고 있길래 "별님아, 늦었는데 일찍 자야 하지 않겠어?"라고 했더니, "아이 짜증 나, 간섭하지 마!" 하고 나에게 소리를 질렀다. 나도 순간 화가 났다.

"왜 엄마한테 짜증이야?!"

"엄마도 아빠랑 똑같아. 나 못 믿고 재촉하고 나 성인인데 잔소리하고! 다 싫으니까 냅둬!"

화를 내던 딸이 갑자기 대성통곡하며 울기 시작했다. 나 역시 그 이후로 며칠 동안 딸과 말도 하지 않고 냉랭하게 보냈다. 그러더니 시간이 지나자 딸이 이상한 행동을 하기 시작했다. 매일 눈물이 난다며 울고 있었고 방에 틀어박혀 만화 캐릭터를 보며 중얼거리고 정신 나간 듯 횡설수설했다. 망상에 빠져 있거나 환청 같은 게 들리는지 알아들을 수 없는 외계어 같은 언어를 하기 시작했다.

너무 겁이나 딸을 데리고 정신과를 찾아갔다. 얘기를 쭈욱 듣던 선생님은 "아, 경계선 아이들은 어렸을 때부터 불안과 긴장도가 높아요. 주로 칭찬보다 부정적인 언어에 더 노출이 많다 보니 본인도 모르게 감정 상태를 꾹 누르며 지내오다 20대 초중반쯤에 성인으로서 본인도 뭘 해야 할지 모르고 불안해지면 정신적인 문제로 많이 터져 나와요"라고 하셨다. 그리고 딸아이에게 물었다.

"별님님, 성인이면 일하거나 사회 구성원으로서 무언가 해야 한다는 생각이 안 드세요?"

"들어요. 다른 친구들은 대학교에 다니거나 일하는데 저만 노는 것 같아 부모님께도 미안하고 어떻게 해야 할지 막막해요."

별님이가 힘없이 대답했다. 나에겐 매일 즐겁다고 했지만 속으로는 불안하고 미래에 대한 걱정도 컸던 것 같다.

정신과 병원 세 곳에 가서 상담을 받았는데 똑같은 진단이 나왔다. 검사 결과 망상에 빠져 있고 감정 기복도 심하며 수면장애도 있으니 약을 지속적으로 복용해야 한다고 했다. 그리고 당분간 딸이 편하게 지낼 수 있도록 지켜봐 주면서 부모 상담을 받으며 가족끼리 노력해야 한다고 했다.

어렸을 때부터 우리 딸은 잘할 수 있으리라는 믿음을 갖고 긍정적으로 살아왔는데 정신에 문제가 생겨 꾸준히 약을 복용해야 한다니, 모든 것이 무너지는 것 같고 너무 절망적이었다. 여지껏 잘해왔다고 생각했던 믿음이 한순간에 와르르 무너졌다. 하지만 딸에게는 내색하지 않고 애써 웃어 보였다.

"소중한 우리 딸, 노력해 보자. 아무 걱정 하지 마. 다 좋아질 거야."

딸에게 한 말이었지만 나 스스로가 용기를 내기 위한 말이기도 했다. 무엇보다 딸아이의 안정이 우선이었기에 이후 우리 가족은 각자 심리 상담을 받았다. 아빠 역시 처음으로 상담을 받으면서 배운 것도 많고 느낀 것도 많아 보였다. 딸의 행동을 늘 답답해하고 못마 땅해하며 강압적이었는데 서서히 바뀌기 시작했다.

"아빠로서 딸에게 잘못한 게 많아 반성하고 있어. 앞으로 노력할게."

내가 그렇게 수천 번 딸과의 대화 방식이나 부모의 마음가짐을 얘기했을 땐 듣지 않더니 전문가가 얘기하니 바로 수긍하며 인정했다. 좀 섭섭하긴 했지만 그 이후로 우리 가족은 노력하며 묵묵히 시간을 견디고 있다. 딸의 발병이 전화위복이 되었다. 앞으로 살아갈 날들이 많으니 편안한 마음과 좋은 생각을 하기로 했다. 나 역시 딸의 성장 과정 동안 수없이 감정 기복을 느끼며 불안정한 심리로 딸을 대했다. 남편 역시 딸의 감정 상태나 행동을 공감하기보다 일반 또래들과 비교하며 끊임없이 딸을 몰아세우고 강압적인 행동을 보였다. 딸은 그런 엄마와 아빠 사이에서 어쩌면 중심을 잡지 못하고 불안하게 흔들렸을 것이다.

성인이 되기 전까지 난 딸 주위를 맴도는 헬리콥터맘으로 살았기에 딸이 고등학교를 졸업한 이후 잠시 나도 쉬고 싶었다. 막연히 성인이 되면 자연스레 다 잘될 거란 안일함 속에 너무 여유를 부렸던 건 아닌가 싶었다. 딸이 미래에 대한 불안감과 그동안 억눌러 온 불안으로 정신에 문제가 생겼다고 하니 여지껏 그래왔듯 엄마인 나부터 정신을 차리고 다시 한번 딸을 위해 앞장서야겠다는 생각이 들었다.

각자 상담을 받으며 우리 가족은 각자의 역할을 했다. 몇 달 만에 딸도 예전의 밝고 명랑한 모습으로 돌아와 서서히 안정감을 찾고 회복하는 중이다. 약 덕분인지 잠도 잘 자고 계속 혼잣말하고 눈물을 흘리던 행동도 없어지고 우울함과 불안함도 없어졌다. 다행이다!

한시름 놓았지만 나는 딸의 미래를 위해 적극적인 변화를 시도했다. 첫 번째 변화는 이제 딸 문제는 나 혼자가 아닌 남편과 상의하고, 남편도 딸의 문제에 개입시키기로 한 것이다. 여지껏 딸 문제는 다 내 몫이었고 내 책임이었다. 딸이 어렸을 때부터 남편은 바쁘다는 이유로 아이 교육은 다 엄마인 나에게 맡겼고 학교에서 크고 작은 문제가 생겨도 나 혼자 수습하며 해결해 왔다. 그런데 요즘 부모 모임이나 커뮤니티에 나가보니 아이 문제를 부부가 함께 해결하며 대화를 많이 한다는 것이다. 적잖은 충격이었다. 맞는 말이다. 부부의 자녀이니 같이 고민하고 의논하는 것이 맞는데 그동안 난 혼자 애쓰다 보니 에너지도 두 배가 들었고 누적된 세월만큼 쌓이고 쌓여 힘듦도 두 배나 돼서 완전히 고갈되고 말았다.

남편도 이제는 딸 문제에 적극 참여해야 한다고 생각해서 늦었지만 별님이에 대해 하나씩 공유하며 문제를 인식시켜 주었다. 남편 역시 딸의 정신적인 문제를 듣고 적잖이 충격받은 듯 상담받으며 노력했다.

두 번째 변화는 딸이 성인이 되었으니 앞으로 자립을 위해 미래에 대한 안전망을 구축하기 위해 실질적인 노력을 하기 시작한 것이다. 지금까지는 딸을 키우며 느꼈던 힘든 문제를 나 혼자 개인적으로 해결해 왔다. 하지만 이것은 개인이 해결할 수 없는 문제라는 생각이 들었다. 국가가, 사회가 제도를 만들어서 아이들이 법의 테두리 안에서 보호하고 자립할 수 있도록 도와줘야 한다는 것을 깨달았다.

6

사회 초년생을 꿈꾸는 딸에게

딸의 일자리를 알아보는 동안 수없이 좌절을 느꼈고 어떤 곳에서도 일자리를 구하는 것이 쉽지 않았다. 우리 딸은 비장애 청년과 비교했을 때 확실히 조작 기능이 떨어진다. 그래서 장애인증 만들기를 여러 번 시도했음에도 불구하고 장애인증 발급이 안 된다는 최종 통보를 받았다. 장애인 고용센터나 복지기관에선 장애인증만 있으면 취업은 시켜주겠다는 비현실적인 답변만 했다.

지능지수가 71~84인 경계선지능! 그것도 70대랑 80대 지능은 인지나 동작성에서 또 다르다. 지적장애와 유사한 70대 초반의 지능과 일반 사람들과 거의 비슷한 양상을 보이는 80대 중반의 지능은 언어 지능이든 업무 수행 능력이든 확실하게 편차를 보인다. 경계선지능인 안에서도 언어와 동작성 기능이 나뉜다. 이런 것을 체계적으로 분류해서 단계적으로 아이들에게 맞는 교육을 해줄 필요가 절실하다.

느린 청년들은 일자리를 얻기 위해 비장애 청년과 다른 교육 시스템이 필요하다. 느린학습자라는 단어에서 느끼는 것처럼 '느리게 배우는 사람들'이기 때문에 반복적인 직무교육이 필요하다. 예를 들어 내일배움카드의 경우, 같은 프로그램을 2~3번 들을 수 없다. 하지만 느린학습자는 똑같이 빵 만드는 교육이나 바리스타 교육을 받더라도 다른 사람보다 3~5번 이상을 반복해 들어야 비장애인만큼의 효능을 낼 수 있다. 느린학습자를 위한 취업 교육이 체계적으로 잘 이루어졌으면 한다. 느린학습자 청년들은 일자리 못지않게 소속감도 필요하다. 남들보다 1~2년 긴 교육 기간 동안 서로 정서적 공감대를 갖고 정보를 공유할 수 있는 느린학습자를 위한 취업 교육센터가 지자체별로 세워졌으면 하는 간절한 바람이 있다.

기업이나 개인 사업체 입장에서 아무런 혜택 없이 느린 청년을 채용하기엔 부담이 따른다. 느린학습자에 대한 이해도도 전혀 없으니 상호간 괴리감도 있다. 그러기에 국가가 적극적으로 일정 부분 기업에 혜택을 주며 느린 청년과의 합의점을 찾아야 한다.

일반인이 꺼리는 노동시장에서 느린 청년들은 오히려 필요한 인

재일 수 있다. 처음엔 인지가 느려서 업무 수행이 빠르지는 못해도 반복적인 업무를 하다 보면 성실함과 꾸준한 지속력이 있어 더 다양한 장점이 부각될 수 있다. 개인과 기업, 국가가 삼위일체가 되어 이런 청년들의 장점과 능력을 발굴하여 일자리를 제공한다면 사회에 좋은 결과로 이어질 것이다.

일반인에 비해 업무 처리 속도가 느리고 장애인보다는 작업 처리 수행이 좋은 경계선 아이들은 사회가 조금만 관심을 갖고 지도해준다면 충분히 잘할 수 있는 일들이 많다. 불안과 긴장이 많다는 특성을 이해하고 천천히 기다려주면 자신감을 회복해서 꾀부리는 일 없이 성실하게 일하는 것이 경계선 아이들의 장점이다. 실제로 집안일이나 심부름 같은 작은 소일거리를 시킬 때 칭찬해주면 더 적극적으로 한다. 아이들을 잘 이해하고 소통해줄 수 있는 직무 지도원이 있다면 무리 없이 자신의 밥벌이를 할 수 있다.

우리 딸처럼 장애인증이 없으면 일터에서 받아줄 수 없다고 한다면 우리 같은 경계선지능인은 앞으로 더 소외되고 고립된 생활로 사회의 사각지대로 내몰린다. 인구의 14퍼센트가 그렇게 불안정한 상태가 되면 사회는 결코 건강하고 안전할 수 없다.

난 평범한 주부이고 한 자녀의 엄마이다. 처음에 글쓰기 제안을 받았을 때 글을 써 본 적도 없고 어떻게 써야 할지도 모르는 백지 상태에서 많은 부담을 느꼈다. 그럼에도 불구하고 용기를 낸 건 우리 자녀뿐 아니라 느린학습자가 생각 외로 주변에 많다는 사실을 알리고 싶었기 때문이다. 내 자녀가 어렸을 적 경계선지능이라고 진단받은 후 관련 정보나 도서를 찾기 위해 노력했지만 어디에도 구체적이고 실질적인 관련 도서가 없었다. 기껏해야 도서관 구석 끝자락 즈음에 자리 잡은 경계선지능에 대한 학술적인 정의나 통계적인 자료뿐이었다.

나부터도 진단받기 전까진 경계선지능이란 단어가 생소했기에 우리 사회엔 거의 없는 줄 알았다. 하지만 경계선 대안학교나 느린학습자 시민단체에 나와 보니 주변에도 적잖이 많았다. 통계적으로도 13.5퍼센트라면 결코 소수가 아니다. 그런데 이런 청년들과 경계선지능인에 대한 정보나 제도가 거의 없다시피 하다는 사실이 충격이었다. 우리나라 서적 중 관련 정보가 많지 않아 외국 사례를 찾아보니, 외국에선 장애나 경계선을 지능으로만 나누지 않고 세분화해서 언어, 발달, 처리 속도, 사회성 등 다양하게 나누어 시기나 발달에 따라 맞춤형 교육을 하고 그에 맞는 직업을 추천한다.

우리나라는 자타공인 선진국이다. 선진국은 나라가 경제적으로 잘 먹고 잘산다는 의미도 있지만, 세밀하고 촘촘한 복지정책으로 다양한 사회 구성원들이 소외되지 않고 잘살 수 있도록 시스템이 구축되어 있다는 뜻이다. 하지만 다른 선진국 사례에 비해 경계선지능인에 대한 인식이나 지원은 매우 미미하다.

그래서 더 조바심도 생긴다. 이런 현실 속에 내 딸아이 같은 느린 청년들이 과연 자립할 수 있을까 걱정된다. 하루빨리 그들을 위한 제도가 시급하다는 간절한 마음에 펜을 들었다. 앞으로 장애인이든 비장애인이든 경계선인이든 차별 없이 모두가 한데 어우러지길 꿈꾸어본다.

3장

우리 딸이 나에게 왔어요

김 미 리

1

어렵게 나를 찾아온 내 딸, 주니

　스물여섯 살, 늦지도 빠르지도 않은 나이에 막내 외삼촌이 자신의 친구를 소개해줘서 남편을 처음 만났다. 남편은 순하고 성실해 보였다. 1989년에 결혼해 약 1년 6개월 만에 첫딸 주니(가명)를 낳았다. 임신을 확인한 뒤부터는 태아에 안 좋다고 해서 커피도, 맥주도 안 마셨다. 당연히 감기가 걸려도 혹시 아기가 잘못될까 하는 생각에 감기약도 먹지 않았다. 시어머니는 미신을 믿는 사람이라 임신한 나에게 김치 이외는 아무것도 먹지 못하게 했다. 오징어를 먹으면 뼈 없는 아이를 낳고 닭고기를 먹으면 닭살이 된다고 믿으시는 분이었다. 엄한 시어머니의 분부도 있고 나도 건강한 아이를 낳고 싶어 조금이라도 꺼려지는 음식은 입에 대지 않았다.

그때는 산부인과에 가면 초음파가 아니라 내진을 할 때였는데 7~8개월쯤 혹시나 하는 마음에 시간과 돈을 들여 세브란스에 가서 초음파 검사도 받았다. 아무런 이상이 없다는 이야기를 듣고 안심하고 10개월이 되기를 기다렸다.

마침내 10개월이 되어 진통이 와서 동네 산부인과를 찾았는데 의사는 자연분만이 힘들 것 같다며 제왕절개를 하자고 했지만 시어머니가 결사반대하셔서, 할 수 없이 자연분만을 하기로 하고 촉진제를 맞으며 분만 준비를 하였다. 하지만 한 병을 다 맞아도 아이가 나오지 않아 추가로 한 병을 더 맞았다. 첫 번째 병과 달리 빠른 속도로 촉진제를 흘렸는데도 아이는 나오지 않았다.

14시간이 넘게 산통을 겪다가 아이가 나오는 길이 좁아 도저히 나오질 못하니 집게로 뽑자고 하셨다. 그 과정에서 뭐가 잘못됐는지 주니는 발목이 휘어진 채 태어나서 태어나자마자 깁스를 했다. 그땐 시어머니에 대한 원망이 생겼다. 의사가 자연분만이 위험해 보이니 제왕절개를 하라고 했는데 시어머니가 끝까지 우겨서 자연분만을 하다 집게로 뽑게 되었기 때문이다. 나중에 알게 되었는데 집게로 뽑은 아이들이 저능아로 태어날 확률이 높다고 했다.

너무 오랜 산통 끝에 출산해서인지 아이를 낳고 나는 아이와 함께 계속 잠만 잤다. 2박 3일 만에 퇴원해 집에 들어오자마자 시어머니는 '아들 낳을 때까지 계속 낳아야 한다. 아들을 못 낳으면 남편이 밖에서 낳아 와도 뭐라 할 것 없다'는 말로 내 가슴을 후벼 팠다. 출산의 기쁨? 그런 건 제대로 느낄 겨를도 없었다. 그렇게 힘든 과정을 거쳐서 우리 딸 주니가 나에게로 왔다.

2

터너증후군이라고요?

퇴원하고 육아가 시작되었다. 종이 기저귀가 좋지 않다 하여 천 기저귀를 사용하였고 물티슈 대신 가제 수건만 사용했다. 세제로 빠는 것이 싫어서 세탁기도 안 돌리고 손빨래를 했다.

그런데 주니는 유난히 자주 토했다. 하루에도 3번, 4번, 5번이나 토해서 수시로 옷을 갈아입히고 속싸개, 겉싸개, 이불, 요 등 모든 것을 손으로 빨았다. 너무 토를 하여 걱정이 되어서 병원에 갔더니 목의 막이 얇게 태어난 아이들이 있다고, 1년쯤 지나면 괜찮을 거라고 하셨다. 정말 1년이 지나니 신기하게도 토하지 않았다. 토하지 않는 것만으로도 육아가 훨씬 편해졌다.

1년 넘게 육아일기도 열심히 썼다. 그럼에도 불구하고 주니의 첫 옹알이가 기억나지 않는다. 그때 쓴 육아일기를 다시 살펴봐도 옹알이에 대한 이야기가 없다. 아마도 집안일이 너무 많고 주니가 많이 토해서 하루에도 몇 번씩 빨래하다 보니 옹알이하는 걸 모르고 지나간 것 같다. 다만 기억나는 건 주니는 모든 것이 늦었다는 것이다. 이유식도 못하고 밥도 네 살이 지나 먹기 시작하였다. 뒤집기도, 기기도, 걷기도 모든 것이 다른 아이들보다 늦었다. 키도 아주 작았다.

하루는 TV에서 '키 작은 아이에게 맞히는 키 주사약이 개발되었다'는 뉴스가 나왔다. 시댁 식구들이 모두 키가 작았는데 그에 대한 콤플렉스가 있었는지 시아버지께서 나에게 주니를 데리고 가서 키 주사를 맞히라고 하셨다. 나는 병원에 가서 주사를 한 번만 맞으면 되는 줄 알았다. 그런데 병원에 가니 2박 3일 입원해서 왜 키가 작은지 검사를 하라고 했다.

검사 후 주치의 선생님을 만나 결과를 들었다. 주니가 염색체 이상으로 돌연변이인 터너증후군이라고 했다. 터너증후군은 정상인 여자아이는 46 XX인데 45 XX인 경우라고 했다. 또는 46 XX 중 부분 파손형, 모자이크형도 있는데 우리 주니는 45 XX형인 경우라고 했다. 터너증후군 아이들은 키가 작고 여성화가 되지 않는다고 한다. 그래서 어릴 때는 키를 키우기 위해서 성장호르몬 주사를 맞았고 청소년기엔 여성화를 위해 여성 호르몬 약을 먹어야 했다. 여성 호르몬 약은 지금도 먹고 있다.

주사를 한 번 맞으면 키가 크는 줄 알고 세브란스병원을 찾았다가 그게 아니고 평생을 관리해야 하는 희귀질환임을 알고는 하늘이 무너지는 것 같았다. 결과를 들은 남편은 말이 없었다. 원래 그런 사람이라 그러려니 했다. 시댁에 알리면 가뜩이나 말을 함부로 하시는 시어머니께서 아이를 '병신'이라고 구박할까 봐 시댁 식구에게는 알리지 않았다.

주니를 임신한 뒤 커피도 안 마시고 감기에 걸려도 약도 안 먹고 아주 조심했는데 더군다나 추가로 초음파 검사 했을 때도 아무 이상이 없다고 했는데 도대체 왜 나에게 이런 일이 생겼나 싶어서 많이 울었다. 왜 터너증후군에 걸리나 나름대로 책도 열심히 살펴보았다. 돌연변이로 임신 3~4개월쯤 염색체 검사를 하면 염색체 이상을 발견할 수 있다고 한다. 그러니까 초음파 검사만 하고 염색체 검사를 하지 않아서 터너 증후군을 발견하지 못했나 보다. 그런데 염색체 이상 터너증후군 아이들은 거의 대부분 태어나기 전에 유산이 된다. 그러니까 태어난 터너증후군 아이들은 정말 극소수로 아주 생명력이 강한 아이들인 것이다.

5년 이상을 울고 나니까 생각이 바뀌기 시작했다. 죽을 병이 아닌 것이 얼마나 감사한지! 나는 터너증후군이라는 낯선 단어와 희귀

질환이라는 표현에 세상이 무너졌고 딸 때문에 평생 흘릴 눈물을 이때 다 쏟았다. 하지만 다시 생각해 보니 많은 터너 아이들이 태어나기도 전에 죽는데 우리 주니가 잘 견디고 세상에 태어난 것이 얼마나 대단한가 싶었다. 그렇게 생각을 바꾸고 나니 슬픔이 가시고 내 곁에 와준 내 딸이 너무도 소중하고 고마웠다. 그리고 잠시나마 내 딸이 왜 희귀질환을 가지고 태어났나 생각한 것이 부끄러웠다. 키가 작고 여성화가 안 될 뿐, 생명을 위협하는 질환은 아니라는 것이 얼마나 다행인가 싶었다.

더 이상 울며 낭비할 시간이 없다는 생각에 병원에서 가르쳐준 대로 성장호르몬 주사를 맞히기 시작했다. 지노트로핀(외국약)은 만년필처럼 생긴 주사기에 16단위의 약을 넣어서 볼펜 심처럼 오른쪽으로 돌려 필요한 양을 6일간 주사하고 1일을 쉬는 시스템으로 사용한다. 주니가 처음 주사를 맞을 때는 여섯 살이어서 키와 몸무게를 계산해 하루에 2단위 양의 약이 필요했다. 자기 전에 맞추고, 신체의 한 자리가 아니라 여러 부위에 돌아가면서 맞춰야 하는데, 처음에는 울고불고 난리를 쳐서 남편이 주니를 잡고 내가 주사를 놓았다. 조금 큰 다음에는 주사를 맞아야 키가 큰다고 알려줬더니 본인이 스스로 맞기도 했다. 아이의 성장판이 닫힌 이후에는 여성 호르몬 약만 먹었는데 약은 스스로 챙겨 먹으니 한결 수월했다.

세브란스 주치의 선생님께서 1년에 한 번 터너증후군 아이들에게 약을 판매하는 제약회사에 부탁해 엄마와 아이들에게 식사도 대접하고 터너증후군에 대한 교육도 시켜주었다. 해마다 연말에 이루어지는 이 모임에서는 교육 후 질문도 할 수 있어서 우리 딸 주니의 성장에 나타나는 많은 궁금증을 이해할 수 있었다. 모임에 갈 때마다 다른 엄마들의 이야기를 들으며 얼마나 많이 울었던지.

3

유치원에서 처음 말문이 트이다

터너증후군 아이들은 키가 작고 여성화가 안 되는 것이 특징이다. 그리고 아이마다 조금씩 다른 특징이 있는데 우리 딸 주니는 공부머리가 조금 늦된 아이였다. 여섯 살이 될 때까지도 말을 하지 못하니 걱정이 돼서 세브란스를 찾아갔다. 재활병동으로 안내받아 갔더니 아이가 말이 늦는 데에 여러 가지 이유가 있다면서 원인을 찾기 위한 검사를 해봐야 한다고 하였다. 지능이 떨어져도 말이 늦고, 청력이 떨어져도, 구강 구조가 잘못되어도 말이 늦는다고 해서 병원의 지시로 지능 검사, 청력 검사, 구강 구조 검사를 받았다.

모든 검사를 끝내고 결과가 나왔다. 청력도 구강 구조도 아무 문제가 없지만 지능이 약 80정도라고 하였다. 선생님께서 1주일에 한 번씩 선생님과 1대 1 수업을 하라고 예약해주셨다. 수업은 주로 카드와 교구를 가지고 이루어졌는데, 선생님은 수업을 지켜보게 한 후 내게 집에 가서 수업에서 본대로 일주일 동안 연습해 다음 주에 주니를 데리고 오라고 하셨다.

나는 TV에나 나올 법한 시어머니를 모시고 살았다. 다른 사람에게는 물론 내게도 말을 함부로 하셨다. 게다가 집안일이 어마어마하게 많았다. 거의 매일이다시피 시누이들이 오고 음식을 아주 많이 만들어 시누이들을 먹이고 싸 보내는 것이 일과였다. 시이모, 시조카까지 나눠줄 만큼 음식을 많이 만들며 살았다. 시어머니는 손가락 하나 까딱 안 하시는 분이었다. 남편은 시아버지가 물려주신 보일러 대리점을 하고 있었는데, 시아버지께서 내게 남편 일을 도와 경리를 보라고 하셨다. 집안일을 소홀히 하지 않는다는 조건으로 시어머니도 허락했다. 시이모, 시조카들 먹을 것까지 만들던 때라 나도 가게에 나가는 게 좋았다.

하지만 이렇게 내가 가게 일과 집안일로 바쁘다 보니 주니는 일주일 동안 연습을 전혀 하지 못한 채 병원을 갔다. 그렇게 3주가 지나갔다. 결혼하기 전 유치원에 근무했었는데 세브란스에서의 수업은 내가 유치원에서 아이들에게 하던 수업과 별 차이가 없었다. 연습하지 않고 일주일에 한 번 수업받으러 가는 것이 별 의미가 없다고 판단하여 세브란스 병원 진료를 중단했다. 내심 병원에 가지 못해도 내가 유치원에서 아이들을 가르치던 대로 주니를 가르쳐보자 싶었지만 가게 일도 바쁘고 퇴근하면 산더미처럼 쌓인 집안일을 하다 보니 마음처럼 주니를 가르칠 수가 없었다.

그런데 다행히도 말도 제대로 하지 못하던 주니가 유치원 여름방학이 끝날 무렵에 말문이 트였다. 1학기 내내 의사 표현도 제대로 못하던 아이가 말문이 트인 후부터는 다른 아이들과 똑같이 여섯 살 정도 수준의 의사 표현을 하게 되었다. 말을 못해서 걱정이 이만저만 아니었는데 감사하는, 너무도 감사하는 순간이었다.

나는 이때까지도 주니가 경계선지능이라는 걸 몰랐다. 병원에서는 지능이 80이라고만 했지 경계선지능이 어떤 것인지 자세히 알려주지 않았고 그때만 해도 '경계선지능인'이라는 말 자체가 생소해서 어디 가서 뭘 어떻게 해야 하는지 알아볼 길이 없었다.

4

친구가 생겼어요

주니는 여섯 살이 되어서야 유치원에 갔다. 말도 못 하는 상태에서 유치원을 보내자니 걱정이 이만저만 아니었지만 다행스럽게도 같은 반 친구 중 한 명이 주니를 잘 챙겨주고 함께 놀아주곤 해서 정말 너무 고마웠다. 하지만 일곱 살이 되어 반이 달라지면서 주니에게 잘해주던 친구는 더 이상 주니만의 친구가 아니었다. 새로운 반에서 새로운 친구들을 사귀고 놀게 되었기 때문이다.

주니는 오전에는 일곱 살 반에서 공부하고 점심을 먹은 후에는 종일반에 가서 동생들과 함께 있었는데 다행히 종일반 선생님께서 주니를 잘 챙겨주셨다. 그렇게 주니는 일곱 살을 지나 초등학교에 들어갔다. 5학년이 돼서야 같은 반 친구 중 한 명이 주니의 친구가 되어주었다. 우리 집에도 놀러왔다.

"친구야, 너는 어디 사니? 우리 주니랑 사이좋게 지내는 것을 보니 너무 좋구나. 우리 집에 자주 놀러 와."

내가 그렇게 말해서인지 그 친구는 자주 놀러왔다. 나중에 안 사실인데 엄마와 아빠가 이혼하고 새엄마와 배다른 동생들과 사는 친구였다. 집안 형편도 그리 좋아 보이지는 않았다. 이 친구도 우리 주니처럼 친구 사귀기가 힘들었던 것 같다. 덕분에 둘은 아주 친한 친구가 되었다.

하지만 초등학교를 마치면서 그 친구와의 우정은 더 이상 이어지지 않았다. 중학교에 가서는 새로 사귄 친구들과 노느라 주니와 놀 시간이 없는 것 같았다. 길에서 우연히 만나는 날, "○○야 반갑다. 그동안 잘 지냈니? 시간 나면 우리 집에 놀러 와" 하면서 어떡하든 만남을 이어주려고 노력했지만 "다음에 놀러갈게요"라고 할 뿐 약속은 지켜지지 않았다. 한동네에 살다 보니 우연히 만나는 날이 많아서 놀러 오라고 수없이 말했지만 그 친구는 더 이상 우리 집에 오지 않았다.

고등학교 때 신경정신과 선생님께서 주니에게 친구가 없는 것이 안타까워 보였는지 나에게 교회를 다니라고 이야기해주셨다.

"교회에 가면 주니 또래 친구를 만날 수 있으니 교회를 다녀 보세요."

하지만 그런 목적으로 교회를 다니는 것이 내키지 않아 선뜻 가지지 않았다. 그러면서도 친구가 없는 주니가 계속 안쓰러워 '그래, 친구가 없으면 내가 친구가 돼줘야겠다'라고 결심하고 주니랑 커피를 마시러 카페도 가고 여행도 하기 시작하였다. 국내 여행도, 외국 여행도 다녔다.

주니는 특히 능에 가는 것을 좋아해서 우리는 함께 능 투어를 했다. 영월에서 장릉까지, 양주에 있는 온릉도 오픈하기 전에 먼저 가보았다. 서삼릉에서 토요일에 비공개 부분을 오픈할 때가 있었는데 그곳도 가보았다. 개성에 있는 능을 빼고는 다 가본 셈이다. 주니는 고기를 좋아하고 덴마크를 가보고 싶어 하는데 가까운 시일 내에 가려고 계획하고 있다. 아직 덴마크에 가보지 않아서 그런지 주니는 그동안의 여행을 좋다고만 할 뿐 "가장 좋았다"는 표현은 아껴두고 있다.

주니는 교회에 다니는 것에 대해 좋고 싫음이 별로 없었다. 그래서 신경과 선생님께서 추천해주셨을 때도 교회를 다니자고 조르지 않았다. 주니가 대학을 졸업한 후에 우리는 마침내 교회를 나가기로 했다. 친구를 만들어주려는 목적은 아니고 하나님을 믿는 신앙 생활을 하게 된 것이다. 그래서 의식적으로 청년부에 들어가라고 하지 않았다. 주니도 불편한지 청년부에 들어가지 않았다.

그런데 주니 또래의 청년을 만나지는 못했지만 권사님, 장로님들이 주니를 너무 반가이 맞아주셨다. 주니도 그분들이 자기를 예뻐해 준다는 것을 느끼는지 교회에 가면 "장로님, 안녕하세요?", "권사님, 안녕하세요?" 하면서 즐겁게 인사했다. 이런 주니를 보면서 나는 '아, 이분들이 주니의 친구들이구나'라고 생각했다. 같은 또래지만 상처만 줬던 학교 때 친구들보다 나이는 다르지만 이렇게 반가워해주는 분들이 친구 아닌가? 나이만 같다고 친구는 아니니까!

작년 겨울에 밈센터(서울시 경계선지능인 평생교육 지원센터의 다른 이름)에서 교육받던 중 '사단법인 느린학습자시민회' 이사인 너구리 엄마를 만났다. 그분은 나에게 20세 이상 청년들의 자조모임인 찬찬시기를 소개하셨다. 주니에게 물어보니 한 번 가보겠다고 했다. 작년 12월 25일경 주니와 나는 둘이서 홍대 근처 약속 장소로 갔다. 주니를 그곳에 두고 나는 다른 볼일이 있어 나왔다. 모임을 마치고 집에 돌아온 주니에게 "오늘 모임 어땠니? 친구들과 말은 했어? 재미있었어?"라고 물으니 "아직은 잘 모르겠어. 그래도 다음에도 모임에 나갈 거야"라고 했다.

"친구들 이름도 모르고 말도 안 했다면서?"

"그래도 나갈 거야. 아직 친구들 이름도 모르고 말도 안 했지만 그래도 좋아요."

아직은 친구들 이름도 모르고 말도 안 해서 친한 친구는 없지만 그래도 좋다니 정말 다행이다. 이제 정말 비슷한 친구들을 만났으니까. 주니는 지금도 찬찬지기를 아주 열심히 나가고 있다. 이 모임을 이끌어주시고 알려주신 느린학습자시민회의 너구리 엄마에게 진심으로 감사드린다.

5

저는 열심히 일했어요

주니는 여섯 살부터 키를 크게 하는 성장호르몬 주사를 맞았다. 키와 몸무게에 맞춰 양을 조절하는 약이고, 의료보험이 안 되던 약이라 처음 여섯 살 때는 한 달 주사값이 80만 원 정도 들었지만 주니가 청소년기가 되니 약값이 엄청 비싸졌다. 남편은 시아버지가 하시던 보일러 대리점을 물려받아 하고 있었는데 나는 주니 주사값을 위해 남편 가게에서 경리도 보고 물건도 팔며 열심히 일했다. 53세에 암이 발견될 때까지 시부모를 모시고 살림도 하면서 사무실에 나가며 정말 열심히 일했다.

주니가 소풍 갈 때도 나 대신 이모가 따라가거나 담임선생님께 부탁드릴 뿐 함께 가지 못하며 일만 하였다. 주니의 주사값을 벌어야 했으니까. 나만 그랬던 것이 아니라 터너증후군 아이를 키우는 많은 가족이 경제적 어려움을 겪었다. 그래서 터너증후군 아이를 둔 가정에서는 아이의 주사값 때문에 집까지 파는 일도 있다고 들었다. 그때 세브란스 주치의 선생님께서 터너증후군이라는 질환을 앓고 주사값에 힘들어하는 부모에게 '부모들이 모여 의료보험 혜택을 받을 수 있도록 건강보험공단을 찾아가 말해 보라'고 알려주셨다.

많은 부모님이 아이에게 투약하는 성장호르몬 주사가 키를 크게 하는 미용을 위한 것이 아니라 주사를 맞지 못하면 키가 자라지 못하고 여성화가 안 되는 질환이므로 의료보험 혜택을 달라고 투쟁한 덕에 결국 보험 적용이 되었다. 처음에는 100퍼센트 자부담이었던 주사값이 80퍼센트, 20퍼센트 자부담으로 낮춰졌다. 그렇지 않았다면 우리도 다른 집처럼 집을 팔든지 키 주사 맞히는 것을 포기하든지 하였을 것이다. 다들 살인적인 주사값에 가정이 붕괴되고 있었지만, 자식을 포기할 수도 없고 늘어나는 경제적 부담을 감당하기 힘들어하던 터너증후군 가족에게 삶의 방법을 알려주신 세브란스병원 주치의 선생님께 진심으로 감사드린다. 선생님 덕분에 지금은 많은 터너증후군 아이들이 큰 부담 없이 성장호르몬 주사를 맞게 되었다. 지금은 돌아가셔서 다시 뵐 수 없지만 늘 감사한 마음이다.

그때 나는 열심히 일하는 것이 주니를 위한 최선이라고 생각했다. 그런데 주니가 성인이 된 지금 다시 돌이켜 보니 주니하고 소소한 추억을 많이 만들지 못한 것이 아쉬웠다. 그래서 요즘은 정말 열심히 주니와 많이많이 추억을 쌓고 있다.

6

왕따를 당한 주니

    다른 아이에 비해 키도 작고 여러 면에서 성장이 느린 주니가 초등학교에 입학할 시기가 다가오니 걱정이 많아졌다. 주치의 선생님께서 주니에게 터너증후군인 것을 알리고 학교에 들어가면 담임선생님께도 말씀드리라고 하셨다. 한 달에 한 번 병원에 가야 해서 담임선생님께 말씀드렸다. 그리고 주니에게도 집에서는 엄마가 보호자지만 학교에서는 선생님이 보호자니 도움이 필요하면 선생님께 도움을 청하라고 말했다.

    주니는 초등학교 1학년 때 받아쓰기에서 60점을 받아왔다. 나는 주니에게 "어머, 주니야. 너는 틀린 것보다 맞은 게 더 많아!"라고 응원해주었다. 이미 공부머리가 아닌 아이인 줄 알고 있었기 때문이다. 공부를 못해도 밝고 긍정적인 아이로 자라주기만을 바랐다. 그래서인지 우리 주니는 사람들이 "공부 잘하니?"라고 물으면 언제나 늘 "웬만큼 해요. 수학만 못하고 나머지는 잘해요"라고 답했다.

주니가 초등학생일 때는 시험이 아예 없었고 수학경시대회라고 하여 수학 시험만 봤다. 주니 말대로 수학 점수는 그리 좋지 않았지만 피아노, 미술, 태권도를 배웠고 구몬 국어, 영어, 수학은 그런대로 따라갔다. 그래서 주니가 학교 생활도 웬만큼은 하고 있는 줄 알았다.

주니는 학교에서 있었던 일을 시시콜콜 말하는 아이가 아니었다. 아주 나중에야 주니가 학교에서 왕따를 많이 당했음을 알았다. 고등학교를 졸업할 때까지 괴롭히고 때리고 심지어 실내화를 입에 물게 하는 등 견디기 힘든 학폭을 당했다. 주니는 힘든 일이 있을 때마다 담임선생님과 양호선생님을 찾았다.

초등학교 4학년 여름방학쯤이었다. 양호선생님이 엄마에게 가져다주라고 했다며 주니가 편지를 한 장 가져왔다. 편지에는 양호선생님이 여름방학 동안 학교에 안 나오는데 주니가 힘든 일이 있을 때 상의할 사람이 없을 것 같아 걱정된다며 마포도서관 내에 있는 상담실을 이용하라고 적혀 있었다. 선생님께 전화해보니 주니는 수시로 양호선생님을 찾았다고 한다. 주니에게 물어보니 몸이 아프면 양호실을 가는 것처럼 마음이 힘들고 아파도 양호실을 가는 것이라 생각하고 선생님을 찾았다고 했다. 집에 와서는 그런 내색도 없이 학교생활을 하느라 얼마나 힘들었을까. 선생님께 감사 인사를 드리고 마포도서관 내 상담실을 찾아갔다. 그리고 상담선생님께 주니가 학교에서 아이들에게 괴롭힘을 당한 이야기를 했다. 터너증후군이라는 것도 말하고 시어머니가 보통 분이 아니라는 것도 말하였다. 상담사는 주니하고 이야기를 나눈 뒤, 나와 이야기를 나누는 시간에 앞으로 주니 대신 나를 상담해주시겠다고 말씀하셨다. 아마도 주니가 학교생활도 이야기하고 집안 이야기도 했나 보다. 시어머니가 워낙 별난 분이라서 식구들이 모두 시어머니 때문에 힘들어하고 있었으니까.

1년 정도 상담받으면서 치유되는 경험을 했다. 선생님은 나에게 부모는 아이의 울타리가 돼주어야 한다고 말씀해주셨다. 시어머니는 당신 마음에 안 들면 주니에게도 "개 같은 년, 병신 같은 년, 찢어 죽일 년" 같은 욕을 하였다. 그런데도 나는 시어머니에게 아무 말도 못 하고 있었다. 사실 나도 시어머니에게 이런 욕을 아주 많이 들으면서 살고 있었다.

주니가 고등학교를 다닐 때, 왕따당한 아이들이 옥상에서 뛰어내리고, 전교 1등 하던 아이가 2등 했다고 옥상에서 뛰어내리는 일이 많이 일어났다. 고등학교를 졸업할 즈음 주니에게 학교에서 친구들이 괴롭히지 않았냐고 물었더니 괴롭힘당한 이야기를 구체적으로 해주었다. 이야기를 듣는데 너무 마음이 아팠다. 어떻게 견뎠냐고 물었더니 처음에는 선생님께 도움을 청했다고 했다. 선생님께서 아이들에게 그러지 말라고 했는데, 그러면 아이들은 더 심하게 보복하였단다. "네가 선생님께 말하면 우리는 또 더 많이 너를 괴롭힐 거야" 하면서. 엄마에게 말해도 더 괴롭힐 거라고 했단다. 그래서 선생님께도, 엄마에게도 말할 수가 없었다고…. 들으면서 얼마나 마음이 아팠는지 모른다. 주니가 이렇게 힘들어하는 동안 나는 무엇을 하였나! 너무 속상했다.

너무 기가 막혀 이렇게 괴롭힘을 당했는데 어떻게 견뎠냐고 물었다. 왕따당하고 자살하는 친구들도 있는데. 그랬더니 주니는 '힘들어도 자살하는 것은 잘못된 선택'이라고 생각해서 힘이 들어도 견뎠다며, 자기는 앞으로도 잘살 것이라고 했다. 나는 주니에게 고맙다고, 고맙다고 하면서 꼭 안아주었다. 주니는 엄마의 도움 없이도 힘든 상황을 견디며 잘 성장하고 있었다. 우리 주니가 너무도 자랑스러웠다.

7

같은 상황 다른 대처, 어떻게 받아들 여나 하나요?

주니에게는 한 살 어린 남동생이 있다. 주니가 초등학교 6학년 때, 우리 집에 잘 놀러오던 아들 친구를 학교에서 만났다. 아들 친구는 나에게 "안녕하세요, 아줌마?" 하고 다가오더니 할 이야기가 있다고 했다.

"왜, 무슨 일이 있니?"

"네, 우리 학교에 아무나 괴롭히는 5학년 남자 아이가 있는데 얼마 전에 보니까 주니 누나를 괴롭혔어요."

그 아이는 다른 아이를 괴롭히는 걸로 학교에서 아주 유명했다. 선생님들도 그 아이가 다른 아이들을 괴롭히는 것을 알고 있다고 했다. "알려줘서 고마워. 다음에도 주니 누나를 괴롭히는 걸 보면 주니 누나 좀 도와줘" 부탁하고 헤어졌다.

얼마 후 학교에 갔다가 운동장에서 교장 선생님을 만났다. 주니를 괴롭히는 5학년 남학생 문제를 어떻게 해야 하나 고민하던 차라 '6학년 ○반 주니 엄마'라고 인사를 드리고 그 이야기를 하였다. 내가 직접 그 아이를 찾아갈 수도 있지만 교장 선생님께서 아침 조회시간에 괴롭힘당한 아이 엄마가 찾아왔었다고, 친구들을 괴롭히지 말라고, 힘이 약한 친구들을 도와줘야 한다고 말씀해주시면 모든 아이에게 교육이 되지 않겠냐고 말씀드렸다. 만약 내가 그 아이를 찾아가, "너 왜 우리 주니를 때렸니? 다시는 그러지 마"라고 하면, 그 아이는 주니 대신 또 다른 아이를 괴롭힐 수 있으니 내가 말하는 것보다 교장 선생님 말씀이 더 효과적이지 않을까 생각했기 때문이다. 교장 선생님은 "몇 학년 몇 반 누구인가요?"라고 다시 확인하신 후 알았다고 했다.

며칠 지난 후 주니 담임선생님께서 전화하셔서 '교장 선생님께 말씀 들었다, 그런데 아침 조회시간에 교장 선생님이 그 말씀 하시기는 어렵다'고 하셨다. 나는 '그럼 제가 몸이 약한 아이를 괴롭히지 마라'고 편지를 써드릴 테니 선생님께서 한 달에 한 번씩 집으로 보내주시는 학교신문에 싣고 아이들에게 읽어주실 수 있는지 여쭸다. 담임선생님께서 '알겠다, 다른 선생님들과 상의한 후 다시 연락하겠다'

고 하셨다. 그리고 며칠 후 담임선생님은 다시 전화하셔서 다른 선생님들과 상의해 '학교신문에 내 편지를 직접 올리는 대신 내 이야기를 들은 담임선생님의 마음을 올리는 것'으로 정했다고 하셨다. 나는 학교신문에만 싣지 말고 꼭 학생들에게 읽어준 다음 집으로 보내달라고 부탁드렸다. 시간이 지나 주니와 주니 동생이 학교신문을 들고 왔길래 교실에서 담임선생님께서 읽어주셨냐고 물으니 아니라고 했다. '내 부탁이 그렇게 무리였나? 그럼 우리 주니가 폭력을 당했는데 가만히 있으란 말인가!' 피해자가 보호받지 못하는 상황이 기가 막혔다.

내 여동생이 초등학교 행정실에 근무하는데 그 얘길 했더니 "언니, 언니가 그런 얘기하면 선생님이나 교장 선생님이 도와줄 줄 알았어? 교장 선생님은 어떻게 하면 조용히 탈 없이 정년을 맞이할까만 생각해"라고 하였다. 나는 말문이 막히면서 우리나라 교육 현장의 문제점을 다시 한번 확인했다. 이런 분들에게 내가 무엇을 바란 걸까?

그런데 몇 년 후 아들에게 비슷한 문제가 생겼다. 중학교 3학년 여름, 아들은 게임을 잘해서 점수가 높았다고 한다. 아들이 학교에서 게임 점수를 자랑했더니 옆에 있던 아이가 게임 점수를 달라고 했단다. 점수에 따라 게임 레벨이 달라지는 거라 아들이 거절하자 그 아이는 수업 후 아들을 불러냈고, 여러 아이들이 기다리고 있다가 다시 게임 점수를 달라는 요구를 거절하자 달려들어 아들을 때렸다고 한다.

"무슨 일이니?"

집에 돌아온 아들의 팔에 난 피멍을 보고 놀라 물었다.

"어디 옷 좀 벗어 봐."

머뭇거리는 아들의 옷을 벗겨보니 팔, 다리, 엉덩이 등 온몸에 보라색 피멍이 들어 있었다. 나는 당장 학교에 전화해서 전화를 받아주신 선생님께 자초지종을 말한 뒤 곧바로 학교로 찾아갔다. 잠시 자리를 비웠던 담임선생님께서 연락을 받고 와계셨다. 담임선생님은 아들의 몸을 살펴본 뒤, "어머니, 어떻게 해드리면 될까요? 어머님께서 가해 학생을 퇴학시키라면 퇴학시키고, 정학시키라면 정학시키고, 전학시키라면 전학시키겠습니다"라고 하셨다.

나는 정학이나 퇴학은 원치 않지만 다시는 우리 아들에게 똑같은 행동을 하지 않도록 따끔하게 타일러 달라고 말씀드렸다. 담임선생님은 그 아이에게 반성문 100장을 써오게 시켜서 우리 아들 편에 보내주셨다. 또 그 아이 아버지가 학교로 찾아와서 나와 아들을 병원에 데려가 X-ray 검사 등을 받게 했다. 다행히 아들은 멍만 들었을 뿐 뼈에는 이상이 없어서 약간의 약만 처방받았다. 아들은 힘든 시간을 잘 견디고 중학교를 졸업했다.

　나는 딸 때와 다른 아들 학교의 대처 방법을 보며 여러 감정을 느꼈다. 주니 때는 교장 선생님과 담임선생님께 부탁드렸지만 너무 소극적으로 대처해서 속이 상했다. 내 아이가 괴롭힘을 당했는데 더 세게 나갔어야 하나 싶었다. 아들 때는 담임선생님이 적극적으로 대처해주셔서 감사했다. 우리 아이를 보호해주고 지켜주려는 진심이 느껴졌다. 하지만 그 아이가 학교도 나오지 않고 졸업식에도 오지 않았다고 들으니 마음이 씁쓸했다.
　지나고 나니 어느 것이 더 옳았다, 그것만이 정답이다고 할 수는 없지만 학교에서 장애인이나 약자를 보호하고 배려하는 교육을 적극적으로 하면 어떨까 하는 아쉬움은 진하게 남았다.

8

신경정신과를 다니게 되었어요

나는 결혼하여 25년 이상 시어머니를 모시고 살았다. 그런데 시어머니는 사람들을 업신여기고 자기만 아는, 그리고 부자만 좋아하고 다른 사람에게도 말을 함부로 하여 상처를 주는 사람이다. 나도 상처를 많이 받았고 주니도 상처를 많이 받았다. 그래서 나도, 주니도 몹시 힘들어하며 살아갔다.

우리 집에는 매일같이 놀러오는 시누이가 있었다. 주니가 중학교 1학년 즈음으로 기억한다. 시누이는 돌이 갓 지난 정도의 아들을 데리고 시어머니를 보러 아침에 와서 하루 종일 있다가 저녁밥까지 먹고 자기 집으로 가는데 하루는 주니가 숙제하고 있을 때 시누이 아들이 주니의 숙제를 방해했다고 한다. 주니가 아이에게 "너 그러면 할아버지가 데려간다"고 했는데, 그날 밤 잠을 자지 못했다고 했다. 할아버지는 이미 돌아가신 분이니 그러면 자기가 아이에게 '너 죽으라'고 한 것이다, 자기가 잘못 말한 것 같아서 잠을 잘 수가 없었다고 했다.

아이가 너무 불안해서 주치의 선생님처럼 오래 믿고 다니던 내과를 찾아가 주니 이야기를 하였다. 선생님께서는 이야기를 다 듣고 나서 신경정신과에 가보라고 소개해 주셨다. 신경정신과 선생님께서 주니와 이야기를 나누어 보고는 집착, 불안, 강박, 우울이 조금씩 있다고 하셨다. 선생님과의 상담 시간은 길지 않았고 주로 약 처방을 해주셨는데, 선생님께서는 주니의 지능검사를 해보라 하셨다. 선생님이 알려주신 시립서울청소년센터를 찾아갔다.

주니는 지능검사를 받았는데 선생님께서 검사지를 봉투에 밀봉하여 나에게 주면서 주니의 지능이 정상인보다 낮은 경계선지능이라고 알려주었다. 경계선지능은 정상과 지적장애 사이에 있는 지능이라 학습 능력은 떨어지나 사는 데 큰 지장은 없다고 하셨다. 장애가 아니라는 말도 해주셨다. '학습 능력이 떨어져도 사는 데 지장이 없다'는 말에 안심하고 신경정신과 선생님에게 지능검사 결과지를 가져다드렸다. 주니는 지금도 신경정신과에서 집착. 불안. 강박. 우울로 약을 처방받아 먹고 있다.

9

내가 모르던 내 딸 주니를
알아가는 시간

주니가 20살 즈음에 롯데월드에 키자니아라는 테마파크가 생겼
다. 하루는 주니가 이곳에 가보고 싶다기에 어떤 곳인가 살펴보니
유치원, 초등학교 저학년 학생들이 직업을 체험하는 곳이었다. 어린
아이가 가는 곳이라고 이야기해도 그래도 가서 체험해 보고 싶다고
하여 함께 갔다. 주니가 직업 체험을 하는 동안 커피를 마시며 주니
를 기다리는데 옆에 20대 딸과 엄마가 나누는 이야기를 듣고 눈물이
났다. 그 엄마는 딸의 관심사에 대해 이야기를 나누고 있는데 우리
주니는 어린아이들이 좋아할 만한 키자니아에 관심을 갖는 게 마음
아팠다. 그런 내 마음과 상관없이 주니는 들어간 지 한참이 지난 후
에 나와서 재미있었다며 다음에 또 와서 모든 직업을 경험해보겠다

고 하였다. 주니는 그다음 주도, 그다음 주도 계속 혼자서 왔다. 처음엔 혼자 보내는 것이 걱정되었지만 씩씩하게 잘 다녔다. 거의 모든 직업군을 다 해본 다음에야 주니는 키자니아에 가는 것을 멈췄다.

주니의 약값을 버느라 정신없이 일할 때는 몰랐는데, 주니와 소소한 추억을 쌓겠다 결심하고 딸과 많은 시간을 보내면서 나는 주니에 대해 새로운 것들을 알게 됐다. 그 전에는 그냥 순하고 순종적인 성격이라고 생각했는데 '키자니아 체험'처럼 자기가 하고 싶은 것은 반드시 하는 고집이 있었던 것이다.

한 번은 결혼식을 갔는데 혼주와 혼주 가족이 모두 한복을 예쁘게 차려입고 손님들을 맞이하고 있었다. 주니가 곁으로 가 인사하며 예쁘다고 아는 척을 하자 혼주 가족 중 한 분이 기분 상한 얼굴로 나에게 "애 좀 데려가세요"라고 했다. 이런 일이 생기면 전에는 방해될까 봐 얼른 데리고 왔는데, 하고 싶은 걸 말리면 주니가 오히려 초인적인 힘으로 결국은 하고 싶은 대로 하는 걸 알게 되면서부터 그냥 두었다. 내가 말려서 데리고 온다면 주니는 나를 밀치고라도 기어이 다시 갈 테니까.

그런데도 뭔가 기분이 좋지 않았다. 남에게 민폐를 끼치는 것에만 미안해했지 주니가 받았을 마음의 상처를 보듬어주지 못했다는 생각이 들었기 때문이다. 주니는 한복을 입은 그들이 예뻐서 아는 척한 것이지 누굴 불편하게 하려고 한 게 아니잖나? 예전에는 주니랑 외출하면 행여 남에게 민폐가 되지 않을까 싶어 지레 단속하고 눈치 봤는데, 이제는 주니부터 배려하려고 한다. 주니가 누굴 괴롭히거나 나쁜 짓 하지 않는 한 언제나 주니 마음을 먼저 이해하고 주니 편인 엄마가 될 생각이다.

주니는 긴장하고 불안해지면 말을 버벅거린다. 원래는 조리있게 말을 참 잘했는데 어느 날 갑자기 한 음절의 말도 제대로 하지 못하고 제 목을 치면서 다음 말을 이어가지 못했다. 왜 그러는지 원인을 모르는 채 아이에게 천천히 또박또박 말하라고 하였다. 그래도 아이는 계속 말을 버벅거리느라 힘들어했다.

어느 날은 조금 더 심하게 버벅거리고 또 어느 날은 덜 힘들게 자기표현을 하였다. 왜 어느 날은 더 심하고 어느 날은 덜 힘들어할까 궁금해하던 어느 날, 주니에게 저녁상을 차리면서 수저를 놓으라고 시켰다. 주니가 숟가락 한 개, 젓가락 한 개 이렇게 계속 네 명의 수저를 옮기는 것이었다.

"주니야, 한꺼번에 옮기지 왜 그렇게 여러 번 왔다 갔다 하면서 옮기니?" 하자 대답이 없었다. 다음번에도 주니가 똑같이 수저를 한 개씩 옮기고 있어서 한꺼번에 옮기라고 말하였는데 그 순간 주니가 말을 더 버벅거리기 시작하였다. '아! 주니가 누군가에게 지적을 받으면 긴장해서 더 버벅거리는구나'라고 깨달은 순간이었다.

그래서 그때부터 주니에게 "빨리 빨리해. 왜 한 개씩 옮겨?" 이런 말을 하지 않았다. 계속 말했지만 고쳐지지는 않았고 오히려 말만 버벅거리니까 차라리 말이라도 편하게 하는 게 낫겠다 싶었다. 그랬더니 잘하라고 다그칠 때보다 훨씬 편하게 말하는 것이 아닌가. 생각해 보니 처음 말을 버벅거린 게 내가 무언가를 알려주었는데 얼른 못 알아들어서 '왜 이렇게 가르쳐줘도 모르냐'고 다그치고 답답해할 때였다.

주니는 아직도 긴장하면, 그리고 대답하기 곤란한 질문을 받으면 말을 버벅거린다. 그래도 정말 심할 때를 생각해 보면 지금 이 정도도 너무 감사하다. 다그치지 않고 한 호흡을 내쉬며 기다려주기, 요즘 내 딸 주니를 알아가는 방법이다.

'하고자 하는 욕구'가 강한 주니의 장점은 대학교 생활에서 빛이 났다. 주니는 강진에 있는 성화대학교 유아교육과를 다녔다. 학교가 너무 멀어서 웬만하면 서울에 있는 직업훈련학교에 있는 보육과를 다니라고 추천하였다. 직업훈련학교는 수능 점수도 보지 않는다. 주니는 멀어도 제대로 된 대학에서 유아교육 공부를 하고 싶다고 강하게 말했다.

"기숙사 생활을 해야 하는데, 너 혼자 떨어져 살아야 하는데 괜찮아?"

"응. 잘할 수 있어."

주니는 분명하게 직업훈련학교가 아닌 전문대학을 가겠다고 했다. 불안한 마음도 있었지만 주니의 강한 의지를 보고 전라도 강진에 있는 학교에 보내기로 마음먹었다. 조작 능력이 떨어지는 주니는 어설프게라도 과제를 스스로 만들어갔다. 일일 교육 계획안도 만들고, 리포트도 작성하면서 2년의 과정을 마치고 2급 정교사 자격증을 받고 졸업하였다. 학교 다니는 동안 서툴지만 스스로 모든 문제를 잘 이해하고 해낸 주니를 보며 얼마나 대견스러웠는지 모른다. 주니는 조금 느릴 뿐, 무엇이든 하겠다고 결정하면 자신의 힘으로 해내는 저력 있는 아이다.

10

밈센터를 방문하다

주니가 서른이 넘은 여름 어느 날, 아는 선생님이 밈센터가 생겼다고 한번 찾아가 보라고 알려주셨다. 경계선지능에 대해 아는 것이 없었고 이런 서비스를 받을 곳이 없었는데 밈센터라는 곳이 생겼다니 정말 반가웠다. 전화를 해 보고 주니가 할 수 있는 프로그램을 신청하였다. 주니는 터너증후군, 경계선지능인, 집착과 우울, 불안 장애를 가지고 있지만 장애인 등록이 되지 않아 복지관을 이용할 수 없었다. 처음에는 주니만 프로그램을 이용하였는데 겨울이 되면서 엄마들에게 경계선지능에 대한 교육을 시켜주었다. 나는 경계선지능에 대해 아는 것이 없어 프로그램을 신청하고 교육을 받았다. 지능이 어느 정도인지, 왜 느린학습자라고 하는지 이해가 되었다. 또 경계선지능인 아이들의 특징도 익히게 되었다. 지금까지 나는 주니가 공부만 못하지 사는데 지장이 없는 아이인 줄 알았는데 일상생활을 익히는데도 시간이 필요한 아이였다.

밈센터에서 지능검사지를 가져오라고 하여 성프란 여성장애인 복지관에 가서 지능검사를 받았다. 학생 때 서울청소년센터에서는 지능도 알려주지 않고 '정신지체는 아니다. 지능이 보통 사람보다는 낮지만 사는데 지장은 없다'라고 말씀해주셨는데 이번 성프란 복지관에서는 지능이 얼마인지, 주니가 다른 점수도 낮지만 처리 속도 점수도 많이 떨어지고 작업 기능도 좋지 않다는 이야기를 구체적으로 해주셨다. 보통 아이들은 자연스럽게 익히는 생활 습관도 경계선지능 아이들은 일일이 가르쳐줘야 한다는 이야기도 해주셨다. 이 이야기를 듣고 그동안 주니가 얼마나 힘들었을까 싶었다. 주니를 제대로 알지 못해 왜 못 알아듣느냐고, 왜 그렇게 빨리빨리 하지 못하냐고 다그친 내 모습에 속이 상했다. 진작 경계선지능에 대해 더 자세히 알았다면 주니에게 더 좋은 엄마가 되었을 텐데.

주니에 대해 알고 나서 다른 아이들은 어떤지 궁금해졌다. 다른 아이들을 관찰해 보면 주니를 이해하는 데 도움이 될 것 같았다. 그래서 아이들이 하는 프로그램에 활동 보조로 들어가게 되었다. 내가 활동 보조를 한 곳은 커피랩이었다. 커피를 내리는 것을 배울 때여서 직접 손님이 몰리거나 하는 상황을 경험할 수는 없었는데, 20대 초반 3명, 20대 후반에서 30대 초반 3명, 총 6명의 수업이었다. 선생님께서 아이들을 아주 열심히 가르쳐주시는 모습은 매우 감사했지만, 컵 받침과 컵을 동시에 들지 못하는 아이들을 채근하실 때엔 '아, 경계선지능인들의 특징을 잘 이해 못 하시는구나!' 하는 아쉬움이 들었다. 나이 먹은 형들은 열심이었는데 동생들은 어수선하고 절박함이 없어 보이기도 했다. 그 아이들을 보니 우리 주니랑 참 많이 비슷하구나 싶어 주니를 더 잘 이해할 수 있었다.

성프란 장애인복지관에는 정신지체 아이들이 많이 있다. 나는 경계선지능 아이들과 정신지체 아이들이 어떻게 다른지를 경험할 수 있었다. 하루는 예하예술학교에서 하는 뮤지컬을 보러 갔다. 경계선지능인이라고 말을 안 하면 모를 정도로 정말 너무도 잘하였다. 1회 공연이라는 것이 너무 아쉬웠다. 이렇게 잘하는데 많은 사람이 와서 볼 수 있게 해주었으면 하는 바람도 생겼다. 성프란 장애인복지관에서도 지적지체인들이 연말에 연극을 올렸다. 그런데 그냥 무대에 서 있다가 같이 무대에 오른 도우미 선생님이 대사를 읽어주면 따라서 하는 것이었다. 이 두 무대를 보면서 경계선지능과 지적지체의 차이를 확연히 볼 수 있었다.

나는 아직도 경계선지능에 대해, 우리 주니에게 어떻게 해주는 것이 최선인지 잘 모른다. 그래서 내가, 또 주니가 참석할 수 있는 프로그램은 시간이 허락하는 한 참석하려고 한다. 주니와 한 달에 한 번 농사 프로그램도 같이 가고 밈센터 부모들과의 자조 모임, 청년재단에서 하는 프로그램, 사단법인 느린학습자시민회에서 하는 부모 모임도 함께하고 있다.

경계선지능인에 대해 배워가면서 가슴에 남는 이야기를 해주신 두 분의 선생님이 계신다. 한 분은 "경계선지능 아이들이 경계선지능인으로 태어나고 싶어서 태어난 것이 아니다"라는 말씀을 해주셨고, 다른 분은 "양육자는 아이들을 대할 때, 경계선지능인이라는 것을 잊지 말고 아이들의 특징을 이해하라"고 했다. 무엇을 가르치되 잘 못 알아들어도 다그치지 말고 기다려주라는 것이다.

11

뜻밖의 암 선고, 나를 살리다

나는 시집와서 암에 걸리기 전까지 약 25년 동안 아침 6시에 눈 뜨면 밤 12시까지 엉덩이도 붙이지 못하고 일만 하고 살았다. 시댁 일로, 장사로, 하루에 6시간을 뺀 18시간의 노동이었다. 사람이 24시간을 3으로 쪼개어 8시간은 일하고 8시간은 충전(세수하고 밥 먹고 쉬고)하고 8시간 잠을 잔다고 하는데 나는 6시간 정도만 자고 아파도 약을 먹고 버티며 일만 했다. 그렇게 일하고 살았으면 인정받거나 감사라도 받아야 했겠지만, 시어머니는 입만 열면 막말하셨고 시누이, 시댁 식구들은 당연한 듯 나를 대했다.

주니는 할머니와 한 방을 사용했다. 어느 날 주니가 잠들었는데 할머니가 물을 떠오라고 시켰단다. 주니가 못 듣고 자자 할머니가 빗자루로 때리고 물을 뿌렸다며, 주니가 울면서 더 이상 할머니와 못 살겠다고 분가하자고 했다. 그것이 분가의 계기가 됐다. 며느리로, 아내로, 남편 사업의 든든한 조력자로 사느라 엄마의 역할은 그 와중에 시간을 쪼개서 조금씩 한 것이 다인데, 돌아온 대가가 이것뿐이라니! 그나마 나를 무시하는 것은 속상해도 참았는데 시어머니가 주니를 함부로 대하니 더 이상 참을 이유가 없다는 생각이 들었다. 시댁에서 나와 같은 동네 다른 집으로 이사했다.

그리고 10년쯤 지나 나는 자궁경부암 2기 진단을 받았다. 세 번의 입원과 퇴원을 반복하며 방사선, 항암치료를 받은 뒤 다음 항암치료 준비를 위해 집에서 쉬는데 시어머니가 찾아왔다. 그리고 나를 보자 울었다. 암에 걸린 내가 불쌍해서 우는 줄 알았다. 그런데 "네가 죽으면 우린 어떻게 사니? 뭐 먹고 사니?" 하는 것이었다. 나는 죽음이 코앞에 있는 것 같은데 그런 내 앞에서 자기들 걱정만 하다니! 너무 힘들었다.

시어머니가 돌아가신 뒤 곰곰이 생각했다. 여기서 계속 살다가는 시어머니 때문에 더 스트레스를 받을 것 같았다. 나의 치료를 위해 시어머니가 찾아오기 힘든 곳으로 떠나야겠다고 결심하고 먼 동네로 이사했다. 그런데도 시어머니의 행동은 변하지 않았다. 몇 년이 지난 어느 날, 나에게 당신이 덮던 이불을 왜 가져갔냐고, 다시 가져오라고 했다.

"안 가져갔어요."

"네가 가져갔잖아!"

"제가 가져가는 것 봤어요?"

"네가 안 가져가도 네가 가져간 거야."

더 이상 시어머니랑 마주하고 싶지 않았다.

"어머니, 저는 앞으로 어머니 며느리 노릇 그만하겠습니다. 전화하지 마세요."

그렇게 26년의 고단한 고리를 끊어내고 오롯이 주니에게만 집중했다. 나는 암 진단을 받고 나서도 '내가 어쩌다 이렇게 됐지?' 하고 슬픔에 빠지기보다 '어떻게 해 나가야 하지?' 하는 생각이 먼저 드는 사람이다. 남편은 착하지만 기댈 만한 사람은 아니었다. 무슨 일이 생기면 내 뒤에 숨는 사람이다. 슬픔도 잊고 위로도 제대로 받지 못하며 아들, 딸과 암 투병을 했다. 수술 시기를 놓쳐 방사선 치료와 항암 치료로 입퇴원을 반복하여 3개월을 보냈다. 그리고 통원 치료를 하면서 이제 5년이 지나 완치가 되고 7년이 지났다.

돌이켜보면 문제 해결 중심의 성격이라 암에 걸렸다는 슬픔보다 어떻게든 헤쳐 나가려던 의지가 컸던 것 같다. 내가 없으면 주니와 아들을 챙길 사람이 없다 보니 어떻게든 낫겠다는 마음으로 슬픔을 잊고 치료에 전념했다.

늦게라도 이렇게 결정할 수 있었던 것은 바쁜 생활 속에서도 틈틈이 시간을 쪼개 상담도 받고 심리 치료 공부도 하면서 내가 조금씩 단단해졌기 때문이다. 이제는 나를 소중히 여기며 살자고 결심했다. 더 이상 나를 함부로 하는 사람들에게까지 도리 지키지 말고 그 시간에 주니를 위해, 주니가 좋아하는 것을 같이 하기로 하였다. 주니와 처음으로 국내 및 해외 여행을 다니기 시작했다. 내가 죽은 후, 누가 주니와 해외여행을 같이 할까 싶은 마음에 '내가 해주자!'고 결심했다.

주니와 좋은 추억을 많이 만들고 싶었다. 어린 시절 많은 것을 함께해주지 못한 만큼 남은 시간은 더 많이 해주고 싶었다. 주니의 노후를 외롭게 놔두고 싶지도 않다. 그래서 '느린학습자시민회' 엄마들과 함께 노력해서 아이들의 노후를 준비하고 싶다. 나 혼자의 노력으로는 힘들겠지만 여럿이 함께 노력한다면 아이들의 노후를 덜 외롭게 할 수도 있지 않을까.

돌이켜보면 청천벽력 같던 암 선고가 나를 살렸구나 싶다. 그런 엄청난 계기가 아니었으면 25년이나 이어진 삶을 한순간에 바꾸기는 어려웠을 테니까.

12

자존감이 뭐예요?

찬찬지기에 주니가 나가기 시작하면서 나도 몇 번 함께 간 적이 있다. 하루는 찬찬지기에 나오는 청년 중 성격이 밝고 붙임성이 좋은 여자 회원이 나에게 먼저 아는 척을 하면서 인사했다.

"아줌마, 주니 언니 엄마지요?"

"응."

"주니 언니는 무슨 일을 해요?"

주니는 지금 회사를 다니지는 않지만 아빠 일(은행)을 도와준다고 했다. 그랬더니 이 친구가 "일을 해야지 자존감이 생기는 거예요"라며 "아줌마, 주니 언니는 장애 등록을 했어요?" 하고 물었다.

"아니, 장애 등록을 할 수가 없어서 못 했어."

"아줌마, 지금이라도 등록하세요. 그러면 취업할 수 있어요. 취업하면 자존감이 높아져요. 제가 아는 언니들도 장애인 등록을 하고 취직하고 돈 벌어서 자존감이 높아졌대요."

이 친구와의 만남은 나에겐 충격이었다. 물론 일자리를 갖고 돈을 버는 것이 자존감을 높일 수는 있겠지만 일하지 않으면 자존감이 높을 수가 없는 것인가? 주니는 일터에 나가 일하고 있지는 않지만 자존감이 낮은 아이는 아니라고 생각했다. 자존감이 뭔데요? 자존감은 자기 자신을 소중하게 여기는 마음이 아닐까요? 잘났든 못났든 있는 그대로 인정하고 누구에게도 당당히 자기 자신을 표현할 수 있다면 이것이 자존감이 높은 것이라는 생각이 들었다.

나는 주니에게 어릴 때부터 터너증후군이라는 것도, 경계선지능인이라는 것도 부끄러운 것이 아니라고 말해주었다. 단지 다른 사람들보다 부족한 것이 있다는 것을 알려주었다.

주니와 나는 지금도 상담을 받고 있다. 하루는 상담 선생님께서 "어머니, 주니 씨가 '제가 경계선지능인인데요'라고 자신을 소개했는데, 이 말을 듣고 어떤 느낌이 드세요?" 하고 물었다.

"우리 주니가 주눅 들지 않고 눈치 보지 않고 있는 그대로 자신을 인정하고 소개하는 것이라고 느끼는데요."

"맞아요. 주니 씨는 아주 당당히 자신을 소개하더군요."

그래도 확신이 없어서, "선생님, 잘은 모르겠으나 우리 주니 자존감이 있는 거지요?" 하고 여쭸더니 선생님께서 "네, 자존감이 있을 때 하는 표현이에요"라고 하셨다. 주니는 회사에 다니고 있지 않다. 그래도 내 생각에 주니는 자존감이 낮은 아이로 보이지는 않는다. 직장을 구하고 돈을 버는 것도 자존감을 높이는 방법이겠지만 돈을 버는 것만이 자존감을 높이는 방법은 아닌 듯싶다. 나는 우리 아이들이 직장을 다니지 않아도 당당하게 자존감을 높일 수 있었으면 한다. 우리 모두 자존감이 높은 사람으로 살아갑시다!

13

기적의 '꾸나꾸나' 대화법

나는 ISTJ 성격을 가진 범생이 스타일이다. 결혼식 때 주례사님이 시부모님께 잘하라는 말 한마디에 학교에서 어른을 공경하라는 가르침에 시어머니의 억지를 참으며 살았다. 시어머니가 너무 별나 주니의 문제가 그리 큰일이라고 생각하지 못했다. 사실 여섯 살 때 터너증후군이라는 진단을 받았을 때는 지능이 떨어지는 경계선지능인지를 몰랐고 다만 키가 작고 여성화만 안 되는 줄 알았다.

시어머니는 막무가내에 무대포 성격으로 세상에서 자신이 제일 잘난 줄 알고 남을 무시했다. 주니에게도 상처 주는 말과 행동을 수시로 하고 나에게는 더 했다. 어쩌다 보니 주니 덕분에 상담을 받게 되었는데, 상담 선생님께서 우리 집 환경과 상황을 듣고 주니보다 내게 먼저 상담이 필요하다고 하셨다. 나라에서 운영하는 상담소를 이용하다 보니 1년 안에 문제는 해결되지 않았다. 내가 더 상담을 받으면 다른 사람이 기회를 얻을 수 없을 것 같아 상담 선생님께 도움이 될 만한 책도 추천해 달라고 부탁드렸다. 또 1년 과정으로 심리 치료 자격증 과정도 공부하였다.

한 번은 집단 치료 프로그램을 할 때였다. 엄마들이 약 일곱 명쯤 됐는데 선생님께서 "아이가 학교에서 친구들과 싸우고 왔어요. 이럴 때 어떻게 할래요?" 하고 물으셨다. 대부분의 엄마가 "왜 싸웠니?", "누가 잘못한 거야?", "네가 잘못했네" 등으로 답했는데, 어느 엄마는 "속상했겠구나"라고 했다. 선생님께서는 아이들이 원하는 답은 "속상했겠구나"라며, 옳고 그름이 아니라 공감을 해주라고 하셨다. 물론 나도 공감을 못 해준 엄마 중 한 명이었다.

이 프로그램을 하고도 나는 바로 공감하기가 잘되지 않았다. '나 전달법'이라는 기법도 배웠다. 상대방이 기분 상하지 않게 내 의견을 전달하는 기법인데 이것 또한 배워도 제대로 할 수가 없었다. 또 나 전달법이 의사소통의 한 가지 방법일 뿐이지, 이 대화법으로 모든 것이 해결되지 않는다는 것도 알았다.

있는 그대로 인정하기도, 이해하기도, 수용하기도, 공감하기도 쉽지 않았다. 책으로 읽으면 머리로는 알겠는데 '인정하기', '수용하기', '이해하기', '공감하기'는 사전적 단어로만 다가왔다.

시어머니와의 관계에선 억울한 일이 많았다. 선생님이 말하는 '나 전달법'으로 감정을 표현해 보았지만 시어머니는 귀를 막고 내 말을 들으려 하지도 않았다. 당연히 '나 전달법'이 먹히지 않았다. 그런데 주니와의 관계에서는 나 전달법으로 이야기하면 소통이 잘 되었다. 그리고 '인정하기', '이해하기', '수용하기' 그리고 '공감하기'도 조금씩 되기 시작했다. 주니는 수학 문제 하나를 풀기 위해 10개를 알려줘야 하는데, 그때도 "왜 못해?"가 아닌 "너는 한 문제를 풀기 위해 10문제를 가르쳐줘야 하는구나"가 되었다.

주니는 20살쯤에 유치원, 초등학교 저학년들이 가는 키자니아를 갔다. 내 생각엔 주니에게 맞지 않아 보였지만, "주니가 키자니아를 체험하고 싶구나" 하고 인정해주었다. 주니는 뭔가 이해되지 않으면 3번, 4번 이해될 때까지 질문하는데, 사실 어떤 장소에서는 눈치 없이 계속 물어서 당황스럽기도 하지만, "주니는 그게 궁금했구나"라며 공감해주었다. 식사 준비를 할 때 수저와 젓가락을 한 개씩 가져다 놓을 때도, 운동화 끈을 못 묶을 때도, "쟨 저걸 왜 못해?!" 할 때는 나도 스트레스를 받고 힘들었는데, "주니는 이게 안 되는구나"라고 인정하니 나도 주니도 많이 편해졌다. 사실 그게 안 돼서 제일 답답한 건 주니였을 텐데 그땐 그걸 이해하지 못했다.

주니와의 관계에서는 공감하기가 그리 어렵지 않았다. 선생님이 알려주신 공식대로는 아니어도 "…꾸나, 꾸나" 공식을 시도해 봤다. 어딘지 모르게 어색하고 불편했지만 주니가 무슨 말인가를 하면, "응, 그랬구나. 그랬다는 거지? 알았어" 등의 표현으로 답해줬다. 나와 주니의 공감법이었다. 생각해 보니 인정하기가 되면서부터 주니와의 관계가 훨씬 더 편해졌다.

나는 옳고 그름이 분명하고 계획적이고 이성적인 사람이다. 타고난 성격으로는 주니를 인정하기, 이해하기, 수용하기, 공감하기가 힘들었다. 그런데 상담받으면서, 심리 치료 공부를 하면서 타인을 이해하기가 조금씩 되었다. 유별난 시어머니도 이해하게 되었다. 시어머니가 옳다는 것이 아니라, '시어머니는 그런 사람이구나'가 되었다는 것이다. 나와 타인을 있는 그대로 인정하기, 이해하기, 수용하기가 쉽지는 않았으나 가능해지면서, 타인과의 관계가 조금은 편해졌다.

무엇보다 주니가 하는 행동도 이해할 수 있었다. 주니가 고등학생일 때 지능검사를 받아 경계선지능이라는 것을 알았을 때는, 누가 경계선지능에 대해 자세히 알려주지도 않아서 이 아이들의 특징을 잘 몰랐다. 시간이 지나 30살이 넘어 밈센터를 알게 되면서 경계선지능에 대한 교육을 받고 처음으로 '아, 이래서 우리 주니가 그랬구나! 하며 주니의 행동을 이해할 수 있었다.

경계선지능인에 대해 좀 더 일찍 알았다면 좋았겠지만 되돌아보면 경계선지능인에 대해 알기 전에 인생 공부, 심리 공부를 한 것이 큰 도움이 된 것 같다.

14

형제가 부모는 아니에요

　주니에게는 한 살 어린 남동생이 있다. 동생은 한 살 더 먹은 누나보다 뭐든지 잘하는 아이다. 주니가 유치원 1학기까지 말도 하지 못할 때 동생은 말을 잘해서 말을 잘 못하는 주니를 유치원에 입학시킬 때도 동생이 함께해서 마음이 놓이기도 했다. 유치원에서 1박 2일 캠프를 갈 때도 나는 아들에게 "○○야, 너 캠프 가서 누나 잘 지켜야 해, 알았지?" 했다. 말수가 적은 아들은 아무 대답 없이 누나를 데리고 캠프에 갔다.

　우리 집은 시아버님이 하던 장사를 물려받았는데, 부자는 아니어도 조그만 건물도 있고 자가에서 살고 있다. 지금은 장사가 잘되지 않아 문만 열어놓았지 수입은 거의 없다. 그래도 건물에서 나오는 약간의 임대료가 있어 생활은 할 수 있다.

남편은 INFP 성격으로 걱정 근심이 없고 초긍정적인 사람으로 뭐든지 다 잘될 거라고 생각하는 사람이다. 그리고 문제가 생기면 해결을 위해 고민하지 않는 사람이다. 걱정하지 않던지, 내 뒤에 숨던지, 화를 내던지. 다행히 주니를 구박하지는 않지만 주니의 앞날을 같이 걱정하는 그런 아빠는 아니다. 그러다 보니 나는 우리 집에서 제일 어린 아들과 집안일을 상의한다. 주니가 보통 아이들과 다르다고 생각되면서 남편과 나는 주니를 적극적으로 결혼시킬 생각을 하지 않았다. 스스로 본인 문제도 해결하지 못하는 아이가 어떻게 결혼 생활을 할 수 있을까 해서였다.

주니의 노후를 걱정하다 그룹홈과 실버타운을 생각했다. 내가 살아 있는 동안은 나와 같이 생활하다가 그룹홈을 이용하고 나이가 지나면 실버타운(요양원)을 이용하면 될 것 같다는 생각이 들었다. 그런데 그러려면 돈이 필요한데 싶었다. 다행히 우리에게는 조그만 건물이 있고 이 건물을 잘 지킨다면 주니의 그룹홈과 실버타운 이용료는 낼 수 있겠다는 생각이 들었다.

나는 아들에게 "엄마는 누나의 노후가 걱정되는데, 건물에서 나오는 임대료로 누나의 그룹홈과 실버타운 사용료를 내면 어떨까?" 하고 물었다.

"엄마, 저는 제가 알아서 살게요. 저는 이 건물 없어도 되니까 누나 노후 대책을 준비해주세요."

내가 주니에 대해 걱정하면 아들은 이렇게 말한다.

"엄마, 제가 누나의 엄마는 아니잖아요. 제가 나중에 결혼해서 가정을 가지면 엄마처럼 누나를 챙기겠다고는 말하지 못해요. 그렇지만 엄마만큼은 못 해도 누나를 모른 척이야 하겠어요. 무슨 일이 생기면 누나를 잘 챙길게요."

나는 아들의 말을 듣고 한참을 울었다. 아들은 차분하고 신중한 아이여서 책임지지 못할 말은 하지 않는다. 아들이 하는 말이 나를 위로하려는 말이 아니고 진심이라는 것을 알고 있다. 오히려 "걱정 마. 내가 누나를 책임질게" 하고 장담하는 아이였다면 믿음이 가지 않았을 것이다. 그리고 그 말이 진심이라고 하면 내 마음이 더 아팠을 것이다. 지금 이 정도의 부담을 주는 것도 아들에게 미안한데 자기가 다 책임진다고 하면 정말 너무 미안해서 아들을 보기가 힘들었을 것이다. 나는 아들에게 '네 말이 진심이라는 것을 안다고, 고맙다고, 누나를 외면하지 않아서 정말 고맙다'고 하였다.

그러던 우리 아이들이 이제 30살이 넘었고 아들은 결혼할 나이가 되었다. 친구들에게 아들이 한 얘기를 했더니 모두 한마디씩 했다.

"아들이 주니를 생각하고 챙겨도 며느리가 싫다고 하면 그땐 어떡할 거야?"

"여자가 잘 들어와야 한다, 너."

아들과 이야기가 됐다고 생각했지만 그 얘길 들으니 '며느리가 이해하지 못하면 어떡하지' 하는 걱정이 밀려왔다. 그러다 '사회복지를 전공한 며느리라면 장애를 이해하지 않을까' 하는 생각이 들었다. 상담 선생님에게 이런 고민을 이야기하며 "아들에게 사회복지를 전공한 여자를 소개시키면 어떨까요, 단 누나를 위해서가 아니라 일단 소개시켜줬는데 다행히 아들 맘에 들어서 잘되면 딸에게도 다행스러운 일이 아닐까요?" 하고 말했다. 상담 선생님께서는 '며느리가 사회복지사라고 해도 직업이 사회복지사지 주니와의 관계에서는 시누이와 올케 사이라며, 주니를 잘 이해하고 배려해주면 다행인데 그렇지 않으면 더 실망할 수 있다. 누가 며느리가 되든 주니를 보고 다르다는 것을 느끼고 이해를 못 하면 주니에 대해 이야기해주고 며느리가 주니를 받아들일 시간이 필요하다는 것을 이해하고 기다려줘야 한다'고 말씀해주셨다.

선생님 말씀을 들으니 또 생각이 많아졌다. 지금 우리나라는 치매를 가족의 희생으로 부담하기에는 너무 크다고 해서 나라에서 책임을 져줘야 한다는 토론이 이루어지고 있다. 그런데 치매 가족을 둔 가족과 크게 다르지 않은 우리 아이들을 키우는 가족들은 어떤가? 부모가 책임지는 것에서 끝나는 것이 아니고 부모가 죽은 뒤 우리 아이들의 노후는 누가 책임져야 할까? 형제가? 그럼 형제가 없으면 어떻게 해야 하지? 나라가 도와주지 않으면 장애 형제를 가진 형제들이 힘들어진다. 형제들이 새로운 가정(결혼해서 새 가정을 꾸미면)이 깨지는 상황도 생길 수 있지 않을까? 경계선지능인의 노후, 가족의 노후가 걱정되었다.

15

원하는 것을 얻으려면
노력해야 하는 거죠?

주니는 어렸을 때 손발에 붓기가 있었다. 그게 터너증후군 때문이라는 것을 나중에야 알았다. 말부터 동작까지 다른 아이들보다 늦었는데 그것이 경계선지능이라 그런 것을 나중에야 알았다. 경계선지능이란 진단을 받았을 뿐 그런 아이에게 어떤 치료를 어떻게 해야 하는지 구체적으로 알게 된 것은 청소년기를 넘어서 밈센터를 다니면서였다.

엄마인 내가 지혜롭지 못했기 때문이기도 했지만 그때만 해도 경계선지능이라는 용어도 낯설었고 그에 맞는 교육 프로그램이나 치료 센터를 찾기도 힘들었다. 그러다 보니 주니에게 알맞은 맞춤형 교육을 해주지 못한 것 같아 아쉽고 미안한 마음이 들기도 한다.

세월이 흘러 주니는 30살이 넘어 밈센터를 이용했고 느린학습자 시민회에서 하는 찬찬지기에도 나간다. 밈센터를 모를 때는 경계선 지능인의 문제를 모른 채 막연한 걱정을 하면서 살았는데 밈센터를 알게 되면서 너무 반가웠다. 그런데 밈센터는 39세까지만 이용이 가능하다. 아직 찬찬지기는 언제까지 이용할 수 있는지 모르지만 느린학습자시민회 엄마들을 만나면서 밈센터 자조모임을 나가면서 여러 엄마의 이야기를 들으면서 많이 반성했다. 터너 모임에서 의료비 혜택을 받은 것도 내 노력이 아닌 다른 누군가의 노력으로 이뤄낸 것이었으니까! 느린학습자 아이들을 위해 이사장직을 맡으신 어머니, 찬찬지기를 운영하시는 어머니, 장애인과 비장애인이 함께하는 마을을 만든 어머니, 휘 카페를 운영하시는 아버님, 예하예술학교를 운영하시는 어머니. 이런 분들의 노고를 생각하다 보니 나는 지금까지 주니를 위해 노력했는지는 모르겠지만 느린학습자, 터너증후군 아이들을 위한 노력은 못 했다는 생각이 들었다. 앞서 말한 엄마, 아빠들은 노력을 통해 결과를 얻어냈는데 나는 터너 모임에서도 노력은 없이 혜택만 받았다.

나는 지금 39세 이후의 주니가 걱정된다. 39세까지는 밈센터를 이용할 수 있으니 다행이지만 39세 이후에는 어떻게 할까? 우리 아이들의 모임이 활성화되면 정말 좋을 것 같다. 주니가 직장을 다니면 다행이지만 그렇지 않더라도 같은 처지의 친구들과 모임이 계속 이루어진다면 외롭지 않을 것이다. 다른 청년들처럼 카페도 가고, 영화도 보고, 여행도 하며 고립되지 않기를 바란다.

또 누군가의 도움 아래(관리자)에서 안전하게 노후 생활을 하는 것이다. 그래서 그룹홈을 생각해 보았다. 개인이 아닌 단체에서 그룹홈을 운영한다면 그래도 조금은 안심이 될 것 같다. 청년재단에서 2박 3일로 보호자 캠프가 있었다. 그곳에서 80세의 내가 60세의 나에게 편지를 쓰는 시간을 가졌다. 나는 60이 되는 지금까지 너무 힘들게 살아서 앞으로는 편하게 살고 싶은 소망이 있다. 그런데 주니를 생각하면 마음이 편해지지 않는다. 그래서 60세의 나는 80이 되기 전까지 주니의 노후를 걱정하지 않게, 제도적 테두리 안에서 보호받게 하기 위해 노력하겠다고 썼다. 그래야 80이 돼서라도 정말 걱정 없이 편하게(마음도 편한) 살 수 있을 것 같다. 이제 정말 주니가 친구들과 함께 걱정 근심 없이 살 수 있는 세상을 만들기 위해 나도 노력할 것이다.

16

혼자가 아닌, 같이 합시다

경계선지능인에 대해 잘 모르던 때에도 어떻게 하는 것이 주니를 위한 것인가 고민을 많이 했다. 공부만 못하는 줄 알았지 일상 생활을 하면서 보통 아이들과 무언가 다름을 느꼈다. 운동화 끈을 매지 못하고, 보통 아이라면 자연스럽게 습득하는 것들을 주니는 힘들어했다. 처음에 경계선지능이라고 말해주신 선생님이 사는 데는 지장이 없다고 하셨지만 엄마인 나는 주니의 앞날이 걱정되었다. 뭐하나 제대로 하지 못하는 아이가 내가 없으면 어떻게 살아갈까 고민하던 중 그룹홈을 알게 되었고 주니가 그룹홈을 이용하면 좋겠다는 생각이 들었다. 주니를 위해 그룹홈을 운영할 생각에 사회복지사 자격증도 땄다. 그러던 중 주변 선생님을 통해 비용만 지불하면 주니도 그룹홈을 이용할 수 있음을 알게 되어 그룹홈을 운영하려는 마음을 접고 행복한 추억을 많이 만들려고 노력하고 있다.

나는 우리 주니만 보고 살았고 얼마나 많은 경계선지능인 아이들이 있는지도 몰랐다. 밈센터와 느린학습자시민회를 통해 경계선지능인들이 누군가의 도움이 없으면 혼자 살아가기가 힘들다는 것도 알게 되었고 아주 많은 13.9퍼센트의 아이들이 경계선지능인이라는 것도 알게 되었다. 그리고 많은 엄마들이 나와 같은 고민을 하고 있다는 것도 알게 되었다. 그런데 우리 경계선지능 아이들에게는 장애인들에게 주는 혜택과 같은 제도가 없어서 사회로부터 어떤 도움도 받기가 힘들다. 물론 주니가 아주 어린아이일 때는 학교에서조차도 도움받기가 힘들었는데 이제는 그래도 도움이 있는 듯하여 다행이라는 생각이 든다.

언젠가 아이가 경계선지능이라서 호주로 이민을 간 집 이야기를 들은 적이 있다. 그 이야기를 들으면서 우리가 우리 아이들을 보호하지 못해서 이런 일이 일어나는구나 하는 생각에 마음이 아팠다.

엄마들을 만나보니 아이들이 나중에 혼자가 되어 살 일을 모두 걱정하고 있었다. 나라에서는 장애인에게 필요한 서비스를 제공해주는데 도움이 필요한 우리 아이들에게도 필요한 서비스(취업과 직업교육 등)를 제공해주었으면 하는 바람이 있다.

얼마 전 AT센터에서 개최한 오티즘 엑스포를 보고 왔다. 오티즘은 자폐를 의미하는데 벌써 3회째 열린 엑스포였다. 무엇보다 규모에 놀랐다. 그러면서 행사가 이 정도로 열릴 때까지 부모들이 얼마나 많은 노력을 했을까 생각했다.

부모의 노력으로, 보험 적용이 안 되던 터너증후군 약을 이제는 큰 부담 없이 이용하고 있다. 아마 지체장애인 부모들도, 자폐아 부모들도, 터너증후군 부모들도 많은 기관의 문을 두드려서 얻어낸 결과일 것이다. 혹시 우리는 그들에 비해 우리의 어려움을 덜 알리고 덜 매달리지 않은 것은 아닌가 생각해 본다. 우리도 지금보다 더 뭉쳐서 원하는 것이 이루어질 때까지 목소리를 높여야 하는 것은 아닐까?

주니는 조작 능력이 많이 떨어지고 처리 속도가 늦다. 마포구에 있는 청년 취업 프로그램을 다닌 적이 있는데, 담당 선생님께서 장애인 등록이 되었으면 취업이 가능한데 지금 이 상태로는 힘들다고 하셨다. 처리 속도와 동작 기능도 좋지 않아서 밀키트를 이용한 음식 정도는 하지만 과일을 깎거나 스스로 요리하는 것처럼 정교한 일은 잘 못한다. 손의 힘이 약해서 청소를 시키면 구석구석 깔끔하게 하지도 못한다. 터너증후군의 특성상 폐경 후 여성 정도의 체력이라

장시간 노동도 어렵다.

하지만 혼자 생활하며 전문대학도 마칠 만큼의 '하겠다'는 의지가 분명하다. 현재는 아빠 회사에서 은행 심부름이나 관공서 심부름, 사무실 잔일 등을 처리해서 월급을 받고 있다. 지금은 이 정도로도 충분하지만 나중에 아빠가 가게를 정리하면 어떻게 하나 걱정이 된다. 긴 시간이 아니라도 나중에 행정보조 같은 일을 시간제로 해서 자립할 수 있으면 얼마나 좋을까 하는 게 나의 바람이다. 예전엔 잘 몰랐지만 경계선지능에 대해 공부하다 보니 우리 주니 같은 아이들이 14퍼센트 가까이 있다는 것에 놀랐다. 나라가 이 많은 아이를 방치하지 않고 맞춤형 교육을 시켜 자기 밥벌이를 할 수 있게 한다면 나라에도 좋고 아이들에게도 좋지 않을까?

주니만큼이나 늦되게 이제야 경계선지능에 대해 알게 되니 마음이 저절로 급해진다. 최근에 '청년문간' 같은 곳에서 느린학습자들을 고용하고 있다니 너무 감사하고 이런 기업이 많이 생겨서 경계선 아이들이 많이 취업할 수 있으면 얼마나 좋을까 하는 생각이 든다. 13.9퍼센트나 되는 아이들 특성에 맞는 일자리 교육을 통해 자립할 수 있게 해준다면 우리 아이들도 세금을 타는 사람에서 세금을 내는 사람이 될 수 있지 않을까?

4장

매일이 다짐인 삶을 살아가며

정 혜 경

1

제 나이에 입학하다

　아들은 예정에도 없이 생겼다. 당시에 대부분의 커플이 그렇듯 양쪽 부모님의 도움 없이 시작한 결혼 생활이었던지라 맞벌이 생활을 몇 년 하다가 아이를 낳을 생각이었다. 예정에 없던 아이가 생기긴 하였지만 당연히 낳아야 한다고 생각했고 난 다니던 직장을 그만두었다. 많은 가족의 축하 속에 너무도 소중한 내 첫아들이 태어났다. 그렇지만 신생아실에 있던 아들은 만나러 갈 때마다 울고 있었다.

　"우리 아들만 울고 있어요."

　그 말에 시어머니는 "애비도 많이 울었다. 괜찮다"라고 하셨다. 시어머니의 말씀이 안심되면서도 왜 우리 아들만 울고 있을까 싶었다. 그때만 해도 좀 예민한 아기인가 보다 했다. 퇴원 후 집으로 와서도 아들은 많이 울었다. 나랑 애 아빠 둘 다 막내여서 육아 경험이 전혀 없던 터라 아이를 돌보는 데 애를 많이 먹었다. 아들이 많이 울기는 하였지만 옹알이도 하고 나와 눈맞춤도 잘하였고 이름을 알아듣고 부르면 쳐다보기도 하였다.

그러던 어느 날 감기로 열이 나서 병원에 가는 길이었다. 아들은 병원으로 가는 차 안에서 열 경기를 하였다. 나는 눈치채지 못했는데 남편이 "아들이 열 경기 하는 거 같아. 틱 같은 현상이 오는데"라고 했다. 그때는 열 경기가 뭔지도 모르고 병원 갔다 와서 약 먹이면 괜찮아질 줄 알았다. 병원 갔다 와서 열은 떨어졌지만 잘하던 옹알이도 하지 않고 잘 쳐다보지도 않았다.

아들은 세 살이 넘어가도록 말을 하지 않았다. 낯가림도 심하여 비슷한 또래의 아이와 아이 엄마가 놀러 와도 아들이 그분들이 돌아갈 때까지 울어서 우리 집에는 누가 오질 못했다. 다른 집에 놀러 가서도 아들은 항상 혼자 있었고 아이들 사이에 끼지 않았다. 그냥 장난감 자동차를 줄 세우며 혼자 놀았다.

미용실에 가는 날은 전쟁이었다. 아들은 미용실에 가면 울다가 토하기까지 했다. 매번 울다가 바닥에 토하는 바람에 난 미용실 원장님에게 미안했다. 다행히 단골 미용실에서 아들의 성향을 이해해주시며 끝까지 머리를 잘라주셨다.

"괜찮아요, 애들 키우면 다 그렇지 뭐."

예쁜 머리 스타일은 할 수도 없었다. 울다가 토하기 전에 얼른 자르고 오는 게 목표였다. 청소기 소리를 싫어하여 청소기를 돌리면 귀를 막고 있었고 유치원 재롱잔치 때, 선생님이 피아노를 치면서 아이들이 노래하는 순서가 있었는데 노래는 부르지 않고 혼자 귀를 막고 있었다.

아들이 좀 자란 뒤 생각해 보니 면도기나 청소기 같은 기계음을 싫어하는 거였나 보다. 찬찬히 아이의 특성을 살피고 눈치챘어야 했는데 참 눈치 없는 엄마였다. 그때는 그런 아들이 이해가 되지 않았고 "쟤는 왜 저럴까"라는 생각만 하였다. 지금 생각해 보면 조금 더 천천히 아들을 기다리고 설명해주었어야 하는 건 아니었는지 후회가 될 때가 있다.

아들은 이름을 부르면 돌아보고 말을 알아들어서 간단한 심부름도 하고 동생을 예뻐해서 기저귀를 가져다주고 우유도 먹여줬다. 말이 트일까 싶어서 세 살 때 지인분이 운영하는 작은 어린이집에 보냈다. 네 살 때 한글 학습지를 시작하였다. 아들은 학습지 선생님의 말을 알아듣고 스티커 붙이기도 잘하였고 자음, 모음 쓰기도 곧잘 하였지만 여전히 선생님과 대화가 되지는 않았다.

학습지 선생님이 아이를 보시더니 "어머니, 검사받고 언어 치료를 시작해보세요. 언어 치료를 해서 3년 만에 좋아질 거 1년 만에 좋아지면 좋지 않겠어요"라고 하셨다. 그 선생님 말씀을 듣고 그제야 언어 치료를 해야겠다고 마음먹었다. 지금도 그 선생님께 감사한 게 엄마가 기분 나쁘지 않게 권유해주셔서 그때라도 언어 치료를 시작할 수 있었다는 점이다.

둘째를 임신 중이라 둘째를 낳고 다음 해 봄부터 언어치료실에 데려가야겠다고 생각해서 아들이 다섯 살이 되던 해에 경북대병원 재활의학과에 갔다. 말이 느리다고 해서 검사를 하니 1년 6개월 정도 말이 느리다는 결과가 나왔다. 언어 치료랑 작업 치료를 해보라고 하였으나 언어 치료만 우선 시작하였다. 언어 치료를 시작하니 바로 엄마, 아빠와 같은 간단한 표현을 하기 시작하였다.

어느 날 아들과 함께 마트에 갔는데 저 멀리서 "엄마" 하고 달려오는 거였다. 그때의 기분은 말로 표현할 수 없을 정도로 기뻤다. 이제 드디어 말이 트였으니 폭발적으로 언어가 늘 줄 알았다. 그런데 언어 치료를 해서 간단한 표현은 하기 시작했지만 언어가 폭발적으로 늘진 않았다. 당시 우울했던 나의 영향도 있었을 것이다. 어린이집이나 유치원에서 아들은 말을 하지 않는다는 이유로 놀림의 대상이 되었다.

아들을 데리러 가보면 아이들이 "○○이는 말을 못 하잖아요" 하는 거였다. 아이들이 놀린다고 아무 데도 보내지 않고 집에 데리고만 있다면 아이는 더 도태될 거 같았다. 아들의 초등학교 입학을 앞둔 시기에 나의 고민은 시작되었다. 초등학교를 제 나이에 보낼 건지 아님 한 해 유예시켜서 보낼 건지 고민했다. 아들은 의사 표현을 하지 않았고 남편과 "아들을 한해 더 늦게 보낸다고 말이나 지능이 더 늘지는 않을 거 같아. 그럴 바엔 같이 유치원 다니던 아이들과 제 나이에 보내는 게 낫지 않을까"라고 의견을 모았다.

결국 아들을 여덟 살에 입학시켰다.

2

내가 낳은 소중한 내 아들

아들은 학교에 다니면서도 언어 치료를 계속하였고 초등학교에 입학하면서 소리에 덜 예민해지면서 다른 아이들처럼 피아노, 미술 학원도 다닐 수 있게 되었다. 방과후 축구 교실도 다녔다. 대부분의 선생님은 다른 아이들과 비교하였을 때 이해력이 부족하거나 속도 가 느리지도 않아서 잘 적응하겠다고 하셨다. 다른 분야에서 아들은 다른 아이들의 속도를 잘 따라가고 있었지만 유독 언어 쪽으로만 늘 지 않았다.

언어가 느리니 학습 전반에서 다른 아이들과 격차가 벌어지기 시 작하였다. 언어 치료를 고등학교 때까지 하였고 지금도 일상적인 대 화는 가능하지만 말이 길어지면 이해하기 힘들고 표현이 되질 않는다. 학교에서 괴롭힘이 있었지만 제대로 표현하지 못하니 부모인 내가 모르고 넘어갔다가 나중에 선생님을 통해서 듣는 경우도 많았다. 참 가슴 아픈 일들의 연속이었다.

아들이 초등학교에 다닐 때만 해도 크게 다치지만 않으면 학교폭력을 문제 삼지 않을 때여서 아들은 마음고생을 많이 하였다. 초등학교 6학년 때 유난히 아들의 얼굴을 꼬집던 아이가 있었다. 아들에게 "네 얼굴 누가 이렇게 했어?" 하고 물어보면 대답을 안 하거나 엉뚱한 말을 하였다.

그 아이들이 그대로 같은 중학교에 배정되었고 중학교 1학년 어느 날도 얼굴이 긁혀서 왔다. 아들의 특이한 성향 때문에 아는 엄마 한 명 없었던 터라 상의할 사람도 한 명 없었다. 아들이 아이들과 어울리지 못하고 가끔 특이한 행동이나 말을 해서 가까이 상의할 수 있는 지인을 만들었어야 했는데 너무 아무 생각이 없었다는 후회를 했다. 그래서 전화한 곳이 1388 학교폭력상담센터였다.

"우리 아들이 얼굴을 긁혀서 왔는데 제대로 된 대답을 하지 않아요. 어떻게 하면 좋을까요?"

"일단 피부과에서 진료받으시고 얼굴 상처 치료 비용이랑 흉터가 남을 정도면 성형수술 비용도 받으셔야죠. 가만히 계시면 아무도 몰라요. 그리고 그 정도면 문제 삼으셔도 될 거 같은데요"라는 답변을 받았다. 어떻게 해야 할지 고민하고 있었는데 답을 주셨다. 아들 얼굴에 흉터 방지 테이프를 붙여주고 아들 친구 엄마에게 전화했다.

"언니, 우리 아들이 자꾸 얼굴을 꼬집혀서 오는데 ○○이에게 물어봐도 될까요?"

아들 친구 엄마는 아들 반 친구 ○○이를 바꾸어주었다.

"○○아, 니네 반 아이들 중에 우리 아들 얼굴을 초등학교 때부터 꼬집던 애가 있는데 걔들이 누군지 말해줄 수 있을까?"

아들 친구는 "반 친구 두 명이 초등학교 때부터 괴롭혔고 얼굴도 그 아이들이 꼬집었어요"라고 말해주었다. 아들이 말을 안 해주니 친구에게 물어보고 확인한 다음 담임선생님을 찾아갈 생각이었다. 다음날 담임선생님을 찾아갔다.

"선생님, 우리 아들 얼굴 보셨어요?" 하니 "아이들이 게임을 하다가 그랬다고 합니다"라고 했다.

"그럼 다른 아이들 얼굴도 우리 아들 얼굴과 비슷한 상태란 말씀이신가요?"

"그렇죠."

"그럼 제가 지금 교실에 가서 같이 게임 한 아이들 얼굴을 확인해도 될까요? 같은 반 친구 ○○이가 같은 반 아이들 두 명이 항상 괴롭히고 얼굴도 꼬집었다고 합니다."

담임선생님은 대답을 안 하셨고 "지금 그 아이들 엄마들 불러주세요. 치료비랑 나중에 성형수술을 해야 한다면 그 비용까지 물어줘야 할 거예요"라고 했다. 그랬더니 담임선생님이 "저를 믿고 한 번만 돌아가시면 다음에는 그런 일이 없도록 조치하겠어요"라고 답했다.

난 마지막으로 한 번만 더 담임선생님의 그 말을 믿고 돌아왔다. 아들이 하교하고 집으로 돌아왔다.

"선생님이 너 얼굴 꼬집었던 애들 불러서 뭐라고 하셔?"

"어."

아들의 대답은 간결하다. 그 이후로는 아들이 얼굴을 꼬집혀오는 일이 없었다. 중학교 2학년 때 담임선생님께서 아들의 성향을 잘 이해해주시면서 아들은 순탄한 중학교 시절을 보낼 수 있었다. 축제 때 노래하면서 춤추는 단체 퍼포먼스에 참여하기도 하였다. 단체 퍼포먼스에 참여하기는 하였지만 여전히 아이들은 아들을 친구로 생각하지는 않는 듯했다. 딱히 연락하는 아이가 없는 듯했다.

그래도 그때가 가장 마음 편한 시기였는지 지금도 중학교 때 친구들을 그리워한다. 그 시기의 친구들이 우리 아들에게는 좋은 기억이었나보다. 중학교를 잘 보내서 고등학교 때도 잘 보낼 거라고 생각했다. 하지만 고등학교 때도 1학년 반 아이 중 한 명이 유난히 우리 아들을 위협하고 때렸다. 아들 때문에 담임선생님이 전화를 해서

"○○ 일로 학교에 한번 오셔야 할 것 같아요. ○○가 다른 아이에게 몇 번 맞은 거 같아요"라고 하셨다.

날짜를 잡고 아이 아빠와 학교에 갔다. 학교에는 아들을 때린다는 아이의 아빠가 와 있었다. 담임선생님이 우리 아들이 피해 입은 부분을 말씀하셨고 상대방 아이 아빠가 사과했다. 담임선생님이 "이제 어떻게 처분했으면 좋으시겠어요?"라고 물어보셨다. 나는 "같이 자식 키우는 입장에서 크게 다친 게 아니고 아빠가 사과하시니 용서하겠어요. 대신 다시는 우리 아이를 건들지 않았면 좋겠어요. 재발 방지를 약속해주세요"라고 마무리하였다. 아들은 다음 날부터 그 아이에게서 벗어날 수 있었다.

고3 때 그 아이와 같은 반에 배정되었다. 아들은 "고1 때 개랑 같은 반이야. 학교 안 갈래"라고 했다.

"그 아이 때문에 학교 가지 않는다면 너만 손해이지 않을까. 기다려봐 엄마가 고1 때 담임선생님한테 전화 드려서 해결해줄게."

그래서 고1 때 담임선생님께 전화드렸다. 담임선생님께 전화드리니 "당연히 그 아이가 반을 옮기는 게 맞죠. 조치해드릴 테니 걱정하지 마시고 학교 보내세요"라고 하셨고 실제로 그 아이는 다른 반으로 배정이 되었다. 결국 그 아이는 우리 아들뿐 아니라 다른 아이들도 괴롭혀서 위탁 학교로 보내졌다.

아들을 키우면서 못된 아이들도 있었지만 나쁜 아이들로부터 보호해준 아이들도 많았고 담임선생님들 또한 아들을 이해하시고 정상적으로 졸업할 수 있게 많은 도움을 주셨다.

아들은 온순한 아이다. 아들에게 어느 날은 "너를 때리는 애가 있으면 너도 때려. 엄마가 책임질게"라고 했던 적이 있다. 그러면 아들은 "나도 때리면 그 아이가 더 세게 때려서 아퍼"라고 말했다. 이런 아들에게 뭐라고 말했어야 할까. 아들은 마음의 상처를 안은 채 고등학교를 졸업하여 지금 27살 청년이 되었다.

조금 낮은 언어지능 때문에 학습이 안 되니 검정고시는 생각도 못 하고 주변에 대안학교도 있다는데 오직 학교 수업 일수를 채워서 고졸을 만들려고 했던 내가 무지했다고 해야 할까. 일상대화는 가능하지만 유창하진 않고 가끔 지난 시간을 돌이켜 보면서 우울에 빠지기도 하지만 건강하게 내 앞에서 살고 있다는 것에 감사한다. 아들은 누구보다 선하고 성실하여 조금 느리지만 사회에서 조금만 이해하고 받아준다면 얼마든지 이 사회의 구성원으로 살아갈 수 있을 것이다. 그런 날이 빨리 오기를 기대해본다. 이 아이는 누구보다 소중한 내가 낳은 내 아들이기 때문이다.

3

아들의 공부

아들은 말이 느렸다. 친정엄마에게 "엄마, 다른 아이들은 엄마, 아빠도 하고 말도 하는데 우리 아들은 왜 아직도 말을 안 할까?" 했더니 친정엄마는 "할 거야. 그리고 늦게 말 트인 아이들이 말을 더 잘한다더라. 외삼촌도 말을 늦게 했는데 지금 공무원 생활하고 잘 지내잖아"라고 하셨다.

그 말에 너무 안심이 되었다. 아들의 말이 트일까 싶어서 세 살 때부터 지인분이 운영하는 작은 어린이집에 보냈다. 그럼에도 아들은 말을 하지 않았다. 네 살이 되면서 한글도 뗄 겸 한글 학습지를 시작하였다. 학습지 선생님은 아들을 보시고 언어 치료를 권유하셨고 언어 치료를 시작했다.

아들의 말을 트이게 하기 위해 시작한 학습지인데 너무 잘한 것 같다. 선생님의 지시에 따라 스티커도 잘 붙이고 자음, 모음 구분하여 선긋기도 잘하였다. 그럼에도 아들은 선생님의 묻는 말에 대답을 하지 않았다. 초등학교 입학 전 한글도 떼고 더하기, 빼기도 할 수 있었는데 말이다.

초등학교 2학년 여름방학 때 구구단을 외우게 했는데 반복하니 잘 외웠다. 받아쓰기도 곧잘 하여 100점을 받아오는 날도 있어서 크면서 학습이 다른 아이들에 비하여 처질 거라고는 생각하지 않았다. 말이 느릴 뿐 학습은 돼서 정상적으로 대학도 가고 직업도 가질 거라고 기대했다.

아들은 언어 치료를 하면서 독서 치료, 그룹놀이 치료도 하였다. 초등학교에 입학하면서 소리에 덜 예민해지면서 일반 아이들과 피아노, 미술 학원도 다녔다. 미술학원에서 한번은 원장님이 전화를 하셨다.

"○○가 과자 파티를 하는데 같이 다니는 형아가 천천히 먹으라고 한다고 바닥에 드러누웠어요"라고 하셔서 학원에 가보니 진짜 아들은 바닥에 드러누워 있었다. 원장님께 죄송하다 하고 아들을 설득해서 데리고 왔다. 난감하긴 했지만 말로 표현이 안 되니 저러나 싶기도 해서 안타까웠다.

초등학교 5학년부터 영어, 수학 학원을 다니고 자신감을 키워주고자 태권도 도장에도 보냈다. 아들은 태권도를 다니면서 품세 외우기도 잘하여 태권도협회에서 주관하는 심사에서 2품까지 문제 없이 취득하였다. 3년 정도 다녔는데 매일 한 시간씩 반복적으로 연습하니 아들은 품세대회에서 다른 아이들과 차이 없이 겨루기를 하고 품세를 하였다. 너무나 자랑스럽고 감격스러운 기억이었다.

학원을 안 다닐 때는 과외를 하기도 하였다. 다른 아이들처럼 전과목 문제집을 사서 매일 일정 양의 분량을 정하여 설명해주고 풀기를 반복하였다.

"아들이 공부에서 뒤처지지만 않는다면 무시를 덜 당할 거야"라고 스스로 암시하며 내 마음의 위로도 있었다. 친정엄마도 항상 너무 순진한 우리 아들이 걱정이었다. 아들의 초등학교 입학 시기를 놓고 고민하던 나를 알기 때문이기도 했다.

"○○는 잘 있지? 학교는 잘 다니고?"

"어. 잘 있지. 근데 공부를 너무 못해."

"초등학교 입학시킬 때 학교만 잘 다니면 소원이 없겠다고 말한 거 벌써 잊었냐? 학교 잘 다니면 되지 공부까지 잘하라고 하는 건 너무 욕심 아니냐?"

"그렇긴 하지. 근데 학교를 잘 다니는 듯하니 공부를 조금 더 잘

했으면 싶네."

그때는 친정엄마의 말이 귀에 들어오지도 않았다. 아들이 70~80점이라도 받아오는 날에는 "거봐. 열심히 반복하니까 할 수 있잖아"라고 하면서 "조금만 더 열심히 하면 80~90점도 받을 수 있을 거야"라면서 더 열심히 시켜야겠다고 무서운(?) 결심을 하기도 했다.

그렇지만 한계가 오기 시작했다. 수학 공식과 영어 단어를 곧잘 외우면서도 수학 공식을 문제에 적용하여 풀지 못하였고 영어 단어를 잘 외웠지만 영어 단어를 문장에 넣어서 해석하는 게 어려워지기 시작했다. 초등학교 고학년 때 아들의 학교 시험지를 보니 우리 아들 수준으로는 풀기 힘든 문제들이 많았다. 그렇지만 천천히 설명해주고 다른 아이들이 3번 할 거 우리 아들은 10번 한다면 풀 수 있을 거라고 생각했다.

그러던 중 아들이 고1이 되었을 때 나의 정신을 번쩍 들게 하는 일이 있었다. 여느 때처럼 학원을 다녀온 아들이 푸는 수학 문제집을 봤는데 단순 기본연산 문제집을 풀고 있었다. 아들의 수준이 또래 아이들의 수준을 따라가지 못한다는 생각은 항상 하고 있었지만 그래도 문제집을 잘 선택해서 방학 때마다 예습시키고 매일 반복한다면 꼴찌는 면하겠지 하고 생각했었다. 하지만 그건 나의 기대였을 뿐 아들의 성적은 7, 8, 9등급을 벗어나지 못하였다.

어느 날 아들에게 "학원도 열심히 다니고 문제집도 꾸준히 푸는데 왜 성적이 계속 이럴까?" 하고 물었더니 아들의 대답은 충격이었다.

"나 사실 중학교 2학년 때부터 수업 내용이 하나도 이해되지 않았어"라고 말했다. 그제야 난 "이 아이가 이해도 되지 않는 수업을 들으려고 하루 6~7시간을 학교에서 보냈구나" 하는 생각이 들면서 6~7시간을 학교에서 꼼짝도 못 하고 앉아 있었을 아들의 심정이 이해가 되었다

'모든 게 나의 욕심이었구나.'

국어, 영어, 수학 점수 10점 더 받는 게 이 아이에게 무슨 도움이 되겠나 싶었다.

"그럼 우리 영어, 수학 학원을 끊을까?"

아들은 두 번 생각도 안 해 보고 바로 대답했다.

"어."

그다음 날 바로 다니던 학원을 끊었다.

'그 돈으로 차라리 세상 구경을 시켜줘야겠다.'

학교 끝나고 아들은 학원 가는 대신 좋아하는 버스나 지하철을 마음껏 타고 돌아다니다가 집에 돌아왔다. 버스나 지하철을 좋아하는 아들은 새로 생긴 KTX도 타보고 천안에 가서 호두과자도 먹고 시

골에 있는 외할머니 댁도 갔다. 시골 갔다가 돌아오는 길에 혼자 기차를 타고 오기도 했다. 같이 영화도 보고 야구장에도 갔다.

더 이상 수학 점수로 실망하지 않아도 되었고 "문제집을 풀면서 비슷한 문제를 몇 번이나 알려줬는데 틀리냐?"고 닦달할 일도 없어졌다. 사회성이 떨어져 학교 생활에서 받은 무시와 비난 때문에 스트레스 받았을 텐데 엄마인 내가 성적 때문에 이중으로 스트레스 주는 일이 사라졌다. 아들이 불안감은 있지만 엄마의 욕심 때문에 스트레스를 받지 않게 된다고 생각하니 다행인가 싶기도 했다. 하지만 마음 한구석에는 "문제집을 한 권이라도 더 풀려서 조금의 성적이라도 더 받게 해주는 게 부모의 역할이 아닌가" 하는 마음이 항상 부딪쳤다.

하지만 고1 때 학원을 중단했던 걸 후회하지 않는다. 후회하는 모습을 보이는 것이 부모의 역할은 아닐 거라고 생각한다.

4

공익근무를 합니다

    아들은 우여곡절 끝에 고등학교를 졸업하고 징병검사를 받으라는 통지서를 받았다. 장애 등급이 있었다면 당연히 면제였겠지만 진즉 준비 못 한 나를 탓했다. 평소에 "만약 현역 판정이 나오면 어떡하지? 현역 판정 나서 내무반 생활 하면 난 죽을 거야"라고 말하던 아이였던지라 부랴부랴 국방부 홈페이지를 검색하고 담당자에게 전화도 하고 여러 가지로 알아보기 시작했다.

    참 정보가 없다고 생각했다. 일단 고등학교 때 불안, 우울 때문에 다니던 개인 병원을 찾아갔다. 병원 기록을 주시면서 담당 의사 선생님은 "3급과 4급 사이에 장담을 못 하겠네요"라고 하셨다. 다시 국방부에 전화하니 "국방부에서 인정하는 대학병원에서 병사용 진단서를 받아서 제출해보세요"라고 해서 현재 거주지가 서울시 노원구인지라 상계 백병원을 갔다.

징병검사는 병원 검사 결과를 받고 받으려고 최대한 미뤘다. 백병원에서도 "결과는 징병검사를 받아봐야 알 거 같다"고 하셨다. 검사 결과지와 병원 기록지를 가지고 징병검사장에 아이를 들여보내고 집으로 돌아왔다. 마음은 검사장에 따라 들어가고 싶었지만 징병검사장 직원분들이 "저희가 알아서 할 테니 어머니는 돌아가셔도 됩니다"라고 해서 불안하지만 집으로 돌아왔다. 집으로 돌아와서 기다리는데 다른 아이들은 네 시간이면 끝난다는 검사 시간이 훨씬 지났는데도 연락이 없었다. 기다리지 못하고 검사장에 전화해서 "○○ 엄마인데 검사 시간이 다 끝나가는데 우리 ○○는 왜 아직 연락이 없을까요?"라고 했더니 "○○는 계속 뒤에 서서 밀려서 맨 마지막으로 검사 중입니다"라고 했다.

시간이 더 지나고 검사가 끝났다. 아들에게 전화를 했더니 "나 재검이 나왔어"라고 했다. 징병검사장에서 인정하는 검사장 근처 병원에서 재검을 했다. 검사장에서 심리검사와 지능검사를 하고 마지막으로 나를 불렀다. 의사 선생님은 "어머님은 어떻게 하길 원하시나요?" 하고 물으셨고 난 "아들이 살면서 사람들과 좋은 경험이 없는데 안정된 환경에서 좋은 어른들과 사회생활 경험을 해봤으면 싶어서 4급 공익 판정을 해주셨으면 좋겠습니다"라고 했다.

아이는 나의 바람대로 군사 훈련 없는 4급 공익근무 판정을 받았다. 경기도권에 있는 전문대에 다니고 있던 터라 해마다 선 복무 신청을 하는 데도 발령이 나지 않았다. 3년을 기다린 끝에 노원구청에 발령이 났고 월계헬스케어센터로 배정되었다.

첫 출근하는 날 불안하기도 하고 설레기도 했다. 공직에 계신 직원분들이 불성실하고 막무가내인 아이들보다 우리 아들 같은 순한 아이들을 더 인정하는 분위기라는 믿음이 있었다. 아들이 근무하는 헬스케어센터는 거리는 가깝지만 버스를 한 번 갈아타야 하는 위치에 있었던 터라 나중에는 따릉이를 타고 다닌다고 했다. 따릉이 어플을 깔고 따릉이 타고 출퇴근하는 아들을 보니 기특하였다.

아들이 면제가 될 수도 있었지만 4급 판정이 나서 좋은 어른들과 2년 동안 잘 지내고 좋은 기억을 가지게 된 것 같아서 다행이고 감사한 일이었다. 술 담배도 안 하고 친구도 없었던지라 보여주진 않지만 꽤 많은 돈도 모은 듯했다. 아들은 순진하고 정직하여 단 한 번의 지각, 조퇴도 하지 않았고 결석을 한 적도 없다.

1년에 사용할 수 있는 연차가 있는 걸로 알고 있는데 사용하지도 않은 거 같다. 아이는 자신이 인정받는 그룹에서는 참 성실하다. 그게 우리 아이들 특성이기도 하다. 아들은 공익근무 기간 동안 많은 자신감을 얻은 듯하다. 은행에 가서 카드를 만들기도 하고 주민센터에서 서류를 발급받기도 한다. 보통의 아이들이라면 당연히 할 수 있는 일이지만 우리 아이들 특성을 생각한다면 너무나 기특한 일이다. 물론 새로운 장소에 가면 몇 번씩 전화가 오기는 한다. 은행에 카드를 만들러 갔는데 전화가 왔다.

"엄마, 카드 만들려면 주민등록등본이 있어야 한다는데 어떻게 해?"

"주민센터에 가서 오른쪽으로 들어가면 번호표가 있어. 번호표를 뽑아서 기다리다가 네 번호가 되면 직원분한테 주민등록등본 떼러 왔다고 말해."

아들은 등본을 떼서 카드를 만들어왔다. 아이에게는 공익근무 기간 2년이 참 소중한 경험이었다. 그 기간 동안 모은 돈으로 동생들과 일본여행을 가기도 했고 내 생일에는 비싼 뷔페에서 밥을 사기도 하고 아들이 평소에 가지고 싶었던 전자제품을 구매하기도 했다. 2년 동안 아이는 좋은 사람들과 사회생활을 했던 덕분인지 몰라도 혼자 주민센터 가서 필요할 때 주민등록등본도 떼고 노원구에서 주는 문화카드도 신청해서 좋아하는 영화를 보기도 한다. 27살인 지금도 그런 직장이면 다닐 수 있겠다는 이야기를 가끔 한다.

우리 아이들에게 면제만이 해답은 아니라고 생각한다. 아이들의 특성을 이해해주는 좋은 어른들과 안정적인 분위기에서 충분히 국방의 의무를 할 수 있을 것이라고 생각한다. '너희는 지능이 낮으니까 안 해도 된다'는 인식보다는 조금 기다려주고 잘 설명해준다면 국방의 의무뿐 아니라 사회에서도 맡은 일을 잘 수행할 수 있을 것이라 생각한다.

우리 아이들이 사회에 잘 적응하게 해서 사회 비용을 줄이려고 노력하는 것이 건강한 사회로 나가는 길이기도 하다. 아들보다 나이가 어린 지금 중고등학교 남자아이들에게 면제보다 4급 공익근무를 권하고 싶다. 2년의 시간 동안 안정된 좋은 어른들과 마음 편하게 사회에 적응하는 경험을 해볼 수도 있고 그동안 일정 금액의 돈을 모을 수도 있고 사회에 나가기 위한 준비 기간을 2년 동안 벌 수도 있다는 면에서 좋은 경험이 될 것이다.

5

<명탐정 코난>과 일본여행

아들은 공익근무 기간 동안 모은 돈으로 일본 현지에서 개봉하는 <명탐정 코난>을 보고 싶어 했다. 사실 4학년 때부터 혼자 언어치료실은 버스를 타고 다녔다. 처음에는 같이 가면서 혼자 갈 수 있는지 뒤에서 지켜보기만 했다. 혼자 갈 수 있겠다 싶어지면서 언어치료실 선생님께 "선생님, ○○가 혼자 치료실에 갔어요. 혹시 도착하면 전화 좀 주세요" 하고 전화를 미리 드리고 아들이 가는 길을 따라가 보았다.

버스 번호를 확인하고 잘 타고 갔다가 집으로 돌아오길 반복했다. 아들은 생각보다 혼자 버스도 잘 타고 다니고 지하철도 잘 타고 다녔다. 지방에 있는 외할머니댁에 아빠 차로 갔다가 집에 올 때 기차역에 내려주면 혼자 기차를 타고 집을 잘 찾아왔다.

그렇지만 외국은 다른 문제였다. 비행기 티켓이랑 숙소는 예약해 줄 수 있지만 혼자 공항에서 티켓을 발권해야 하고 짐을 부쳐야 하고 일본에 도착해서는 입국 수속부터 숙소에 찾아가는 일을 혼자 해야 한다. 처음 이 말을 듣는데 이게 무슨 상황이지 싶었고 아들이 혼자 갈 수 있을까 하는 불안감이 들었다.

다시 곰곰이 생각해보니 이 아이에게 세상 구경을 시켜주고 싶었다. 어떻게 이 아이를 일본에 보내줄 수 있을까를 고민했다. 아들이 싫다고 하면 억지로 가게 할 수는 없지만 가보고 싶다고 하는데 새로운 세상을 경험하게 해주고 싶었다. 그래서 아들이 불안과 우울증 때문에 다니던 개인 병원 의사 선생님한테 상의했다.

"선생님, 아들이 현지 개봉 애니메이션 영화를 보려고 일본에 혼자 가고 싶어 하는데 어떨 거 같으세요?" 했더니 의사 선생님은 단칼에 "그게 되겠어요?"라고 하셨다. 내심 혼자 보내는 걸 불안해하고 있었던 터라 "그래, 그건 안 되겠지"라고 생각하고 "그럼 어떻게 하면 좋을까요?"라고 했더니 "엄마나 아빠가 같이 가는 게 제일 좋겠지만 그게 현실적으로 힘들다면 대학생 여동생이랑 보내세요"라고 하셨다. 사실 외국에 한 번도 가보지 못한 어른인 나도 혼자 아이를 데리고 일본에 갈 자신이 없었는데 대학생 여동생이 될 거 같다고 해서서 다행이었다.

딸아이에게 "오빠가 일본에 가고 싶어 하는데 같이 가줄 수 있겠어?"라고 물어보았다. 여동생은 아이의 동생이지만 누나이고 엄마이고 친구였다. 말이 여동생이지 보호자 개념으로 따라간다고 볼 수 있는 거였다. 여동생은 "오빠를 혼자 일본에 보내서 국제미아로 만들 작정이냐?"고 하면서 "내가 같이 갈게"라며 기꺼이 따라가겠다고 했다.

비행기 티켓이랑 숙소는 아빠 카드로 예약했고 일본에 가서 쓰는 경비는 오빠가 2년 동안 공익근무하면서 모은 돈을 쓰는 것인지라 자기 돈 하나도 들이지 않고 일본여행을 갈 수 있는 기회를 마다할 이유가 없었을지도 모른다. 속내는 보호자 입장으로 따라가는 거지만 남들이 봤을 때는 남매의 해외여행으로 비칠 수도 있었을 일이다. 이왕 가는 김에 고등학생 막내 여동생까지 함께하는 첫 삼 남매의 일본여행이 이루어졌다.

비행기 티켓이랑 숙소 예약은 여동생이 하였고 오빠와 막내 여동생은 따라가는 모양새였다. 현실 남매답게 각자 인천공항에서 만났다. 공항에서 만난 삼 남매는 또 한 번의 난관에 부딪쳤다. 코로나19가 끝나갈 무렵이었지만 비행기를 타려면 예방 접종을 3차까지 안맞았으면 음성 확인서가 필요했다. 만약 아들을 혼자 보냈다면 이때부터 벽에 가로막혔을 거 같다. 여동생이 있었던지라 급하게 공항에 있는 병원을 알아보고 검사를 함께했고 결과를 기다리는 동안 티케팅을 하고 짐을 부쳤다. 그리고 나니 비행기를 타기 바로 직전 음성 문자가 왔고 다행히 비행기에 오를 수 있었다.

한 편의 영화 같지만 이 모든 일이 아들 혼자였으면 가능했을까 싶다. 아들은 여동생에게 미안해하고 고마워하였다.

"나 때문에 여동생이 안 가도 되는 일본 여행을 간다"고 말했다. "비행기 티켓이랑 숙소는 아빠 돈이고 나머지 경비를 네가 냈으니 아무것도 안 한 건 아니야. 동생도 네 덕분에 일본을 공짜로 다녀오게 된 거니 너무 미안해할 필요는 없을 거 같아"라고 아들에게 말해주니 조금 마음이 놓이는 눈치였다.

삼 남매는 우여곡절 끝에 일본으로 떠났고 일본 애니메이션 덕후였던 아들은 혼자 극장에 찾아가 티켓을 끊고 혼자 영화를 보고 나왔다. 동생들이 "엄마, 오빠 대박이야. 일본말 다 알아듣고 통역도 해줬어"라고 했다. 일본에서 공항에 내려 숙소까지 택시를 탔는데 택시 기사님이 영어를 못 하는 분이라 일본어만 하였고 여동생은 영어만 하는 아이였는데 오빠가 택시 기사님의 일본어를 알아듣고 여동생에게 통역을 해주었던 것이다. 일본 애니메이션을 많이 보더니 귀가 열렸나보다.

"〈명탐정 코난〉이 일본 극장에서는 한국말 더빙이 없을 텐데 알아들었어?"라고 했더니 "대부분 알아들었고 나머지는 대충 들렸어"라고 했다. 아들은 처음으로 다녀온 일본여행에서 2박 3일의 짧은 기간이지만 평소에 좋아하던 〈명탐정 코난〉을 볼 수 있었고, 가까운 거리는 혼자 다니는 아이였지만 우리나라를 떠나서 새로운 세상을 경험해볼 수 있는 소중한 경험이 되었던 것 같다.

1년 뒤 또 한 번의 〈명탐정 코난〉이 일본에서 개봉했다. 또다시 여동생에게 같이 가달라고 말해야 할까 아님 그냥 혼자 보내볼까 하는 생각으로 고민했다. 아들도 "또다시 수업 중인 여동생에게 같이 가자고 말하기 미안하니 혼자 가볼게"라고 했다.

"혼자 갈 수 있겠어? 공항에 가면 티켓 받는 거랑 짐 부치는 건 엄마가 도와줄 수 있겠지만 일본공항에 도착하면 그때부터 혼자 해야 하는데."

아들도 그 점을 불안해했다. 그렇다고 직장을 다니고 있는 내가 따라갈 수 있는 상황도 아니었다. 어쩔 수 없이 여동생에게 또 물어보았다.

"멀쩡한 사람도 실종되어서 1년째 돌아오지 못하고 있는데 혼자 보내서 어쩔 거야"라고 하면서 이번에도 동행해주겠다고 했다. "대신에 이번에는 네가 다 해주지 말고 오빠가 해볼 수 있게 최대한 오빠를 시켜"라고 했다. 이번에도 여동생이 동행하여 혼자 영화를 보고 나왔다고 한다. 돌아온 아들에게 "〈명탐정 코난〉이 왜 그렇게 좋아?"라고 물어보니 "어릴 때 괴롭힘을 많이 당하였는데 〈명탐정 코난〉이라면 해결해줄 거 같아서 좋아요"라고 했다.

부모의 역할이 맛있는 음식과 좋은 잠자리를 제공하고 깨끗한 옷을 입혀서 내보내고 학교나 다른 생활에서의 불편함을 덜어주면 된다고 생각해 왔는데 동생들이 있다는 핑계로 아들의 마음을 좀 더 세심하게 살피지 못하였구나 하는 후회가 들어서 미안하고 그럼에도 불구하고 잘 자라준 아들에게 감사한다. 더불어 "스포 당하는 게 싫어서"라고 간단하게 답했다. 속마음은 "스포 당하는 게 싫어서 일본까지 가야 했냐" 싶었다. 하지만 여동생의 도움을 받기는 했지만 일본에 가서 혼자 극장을 찾아가고 혼자 티켓을 발권하고 자리를 찾아가서 영화를 보는 경험이 아들의 인생에서는 돈으로도 살 수 없는 소중한 일인걸 알기 때문에 "그래 잘했다"라고만 했다.

6

아르바이트의 의의

　아들은 고등학교를 졸업하였고 경기도권에 있는 전문대 영상미디어학과에 합격하였지만 고등학교 때와 마찬가지로 적응하지 못하였다. 강의를 이해하지 못했고 여전히 과 친구들과도 소통하지 못했다. 학교가 멀어서 제 시간에 출결을 하지도 못했다. 교수님이 "출결만 하면 어떻게든 졸업시켜주겠으니 학교라도 제대로 보내보세요"라고 했지만 의욕 없는 아들은 늘 지각하였고 과제도 제출하지 못했고 강의 내용을 이해해서 시험을 보는 것도 어려웠다.

　아들은 실용음악과에 가고 싶어 했지만 혹시라도 졸업하면 어디라도 취업할 수 있지 않을까 싶어서 영상미디어학과에 넣은 내 잘못이기도 했다. 방송일을 해보고 싶다고 말한 기억이 나서 지원했는데 잘 다닐 거라는 기대는 나의 착각이었나보다. 대학교에 적응하지 못하였고 성적은 매번 학사경고 수준이었다.

그렇다고 해도 일단 대학에 합격하고 다닌 경험은 돈으로 살 수 없다는 생각으로 3학기를 버텼다. 아들은 휴학을 반복하였고 2학년 때는 거의 학교를 가지 않아 또다시 병역 휴학을 신청하였다. 공익 근무가 끝나고 복학 신청을 하지 않아서 자퇴 상태가 되었다. 매년 연말에 선 복무 신청을 하면서 공익근무 발령이 나길 기다렸다.

그동안 아들에게는 일부러 용돈을 주지 않았다. 아빠가 직장을 다니고 있었기 때문에 용돈을 줄 수도 있었지만 돈이 없으면 아르바이트를 해볼 생각을 하지 않을까 싶어서였다. 아들이랑 같이 그룹 놀이 치료를 하던 친구가 강남역 근처에 있는 청년드림센터에서 학교 밖 청년들을 위한 사회 적응 프로그램을 한다는 얘기를 듣고 그곳에 등록하였다. 편의점 업무도 가르쳐주고 여러 가지 심리 프로그램도 운영했다. 그 안에서 운영하는 어린이 실내 놀이터에서 3개월을 근무하여 용돈 정도는 벌어서 썼다. 편의점에서 하는 일들을 가르쳐줘서 편의점 정도는 쉽게 채용될 수 있을 거라 생각했지만 청년센터에서 연결해주는 편의점 면접에서도 매번 탈락이었다.

지인분이 운영하는 편의점이 있어서 아들 이야기를 해보았지만

"아르바이트생이 너무 착하게 생겨서 청소년에게 술 담배 판매가 되면 영업 정지를 당한다. 그래서 힘들 거같다"는 답을 들었다. 편의점 면접에서 매번 떨어지는 이유를 알게 되었다. 대형 마트 명절 아르바이트를 지원해서 다녀도 보았지만 하루 만에 그만 나오라는 통보를 받았다. 과일 박스 같은 힘쓰는 일을 빨리빨리 해내야 하는데 느릿느릿 하니 그분들 입장에서는 답답할 노릇이었을 거다.

하루를 출근하고 다음날 아침에 자고 있는 아들을 깨우며 물었다.

"오늘도 출근해야지."

"나 그만뒀어."

"왜 좀 힘들어도 일주일만 버티지."

"욕하면서 빨리빨리 하라고 해서 힘들어서 그만뒀어."

아들 스스로 욕설을 들으며 재촉하는 업무를 견디지 못했을 것이다. 코로나19 시절 주민센터에서 마스크 계도 아르바이트생을 모집하였다. 다행히 채용되었다. 3개월간 근무하였는데 단순히 마스크 안 쓰고 다니는 사람들에게 마스크 쓰라고 계도하는 일이라서 그런지 잘 다녔다.

사람들이 아들에게 '네가 뭔데 마스크를 쓰라 마라야'라고 화를 내면 말도 제대로 못 하면 어쩌나 하고 걱정을 많이 하였지만 순한 성격 덕분인지 생각보다 잘 다녔다. 하루 종일 걸어다니면서 마스크 써야 한다고 말해야 했을 텐데 잘 해내니 기특하였다.

친구도 없고 술 담배도 안 하니 꽤 돈이 모였다. "알바비 나오면 태블릿 살 거야"라고 하여 "그래, 네가 번 돈이니 네가 사고 싶은 거 사"라고 했다. 태블릿이랑 갤럭시 워치는 처음으로 직접 번 돈으로 산 물건이다.

마스크 알바가 끝날 때쯤 마침 공익근무 소집이 되었다. 노원구청에 뽑혀서 구청에 가니 월계헬스케어센터로 배정되어 2년간 근무하였다. 기특한 건 혼자 구청에 가서 공익근무 요원들 모이는 장소를 찾아 배정받고 혼자 출근했다는 것이다. 돈을 쓸 데가 없으니 돈이 모였고 그 돈으로 동생들이랑 일본여행도 다녀왔다.

"공익근무 끝나면 뭐라도 해야 하지 않을까"라고 하니 "공익근무 하며 모은 돈 쓰면서 그 돈 다 써 갈 때까지 좀 놀면 안 돼?"라고 하기에 그러라고 했다. 몇 달을 논 뒤 돈이 떨어져 가는지 "이제 아르바이트를 구해야겠다"고 했다. 그때부터 나의 알바천국 연구가 시작되었다. 알바천국을 매일 보면서 아들에게 적당한 아르바이트를 찾기 시작하였다.

그러던 중 집 근처 아파트에 택배 배송 아르바이트를 모집한다는 공고를 보았다. 운전을 못 하는 아이라서 택배기사를 할 수는 없었고 택배기사님의 업무량이 너무 많아서 아파트 한 군데에 택배 물량을 놓고 가면 그 아파트의 각 집마다 배송하고 인증샷을 찍어서 보내는 일이었다.

택배회사가 문을 닫을 때까지 아들은 한 번의 지각이나 결석도 하지 않고 성실하게 근무하였다. 그래서인지 업체 사장님도 그만두라고 하지 않았고 회사가 폐업할 때까지 잘 다녔다. 아들은 택배 일을 그만두고 모은 돈으로 또다시 일본을 다녀왔다. 그리고 다시 구직을 하였다.

아들에게 맞는 직장이 구해지지 않던 차에 쿠팡에서 야간 알바를 구한다는 구인을 보고 지원하여 취직이 되었다. 밤 11시에 출근하여 새벽 5시까지 여섯 시간이지만 밤을 지새야 하고 주 6회를 출근하는 일이었다. 아들은 3일은 다니더니 너무 힘들었나 보다. "나 그만뒀어"라고 했고 "잘했어"라고만 답했다. 그 또한 소중한 인생의 경험이 되었을 것이다.

이제 또다시 아들은 구직자 신세가 되었다. 지금도 가끔 단순 포장 알바 업체에서 구인광고가 올라오면 아들에게 권유해 보지만 내키지 않는 일은 단칼에 거절했다. 주변에 장애 등급이 있는 자녀를 둔 지인분이 계신다. 그 아이는 장애 등급이 있다는 이유로 장애인 취업이 가능하다. 아들은 장애 등급을 받지 못한다. 군입대 신체 검사 때를 대비하여 받은 지능검사에서 평균지능 80이라고 했다. 평균지능 80은 장애 등급 대상이 아니다. 더군다나 검사 항목 중 한 부분이라도 정상지능이 나오면 장애 등급을 받을 수 없다. 차라리 장애 등급을 받아서 장애인 의무 고용 회사에라도 취업하면 안정적인 생활을 할 수 있었을 것이다. 그것이 불가능하니 아들의 특성을 이해해주는 좋은 어른들이 있는 좋은 기업이 나타나서 안정적으로 사회생활을 할 수 있도록 해줘야 한다고 생각한다.

7

나보다 더 어른스러운 아이들

아들에게는 여동생이 두 명 있다. 바로 아래 동생은 아들이 다섯 살 때 태어나서 네 살 터울이고 막내는 아홉 살에 태어나서 여덟 살 터울이다. 지금은 바로 아래 동생이 23살이고 막내는 19살이다. 아들이 다섯 살이 되던 해에 바로 아래 여동생이 태어났다. 아들은 네 살 차이 나는 동생을 너무 예뻐했다. 여덟 살 차이 나는 막내가 태어났을 때도 마찬가지였다. 동생들의 손을 잡고 다니기도 하고 동생들이 아기 때는 기저귀를 갖다 주고 우유도 먹여주고 동생들이 자기 장난감을 달라고 해도 잘 주는 좋은 오빠였다.

지금도 아들은 여동생들의 말을 엄마인 내 말보다 더 잘 듣는다. 그중 바로 아래에 있는 네 살 차이 나는 23살 여동생 이야기를 해보려 한다.

바로 아래 여동생이 초등학교 1학년 2학년 때만 둘은 같이 학교를 다녔다. 이후 여동생이 초등학교 3학년이 되면서 아들이 중학교를 가서 따로 학교를 다녔다. 같이 학교를 다닐 때는 여동생이 어렸고 같이 학교 다닌 기간이 짧아 그나마 여동생의 스트레스는 덜했을 거라 생각한다.

아들이 초등학교 5학년이고 여동생이 1학년 때의 일이다. 아들은 엘리베이터를 첫 번째로 타야 했고 엘리베이터에 타서도 층 버튼을 자기가 눌러야 했다. 엘리베이터를 탈 때는 내리는 사람이 먼저 내리고 타도록 가운데를 비워줘야 했지만 아들은 첫 번째로 타야 해서 엘리베이터 앞을 항상 막고 서 있었다. 그걸 본 여동생 친구들은 "네 오빠 왜 저러냐?"고 했고 당시 초등학교 1학년이었던 여동생은 창피해했다.

버스를 타서도 하차 벨을 자기가 눌러야 해서 다른 사람이 누르면 누가 눌렀냐고 큰소리로 화를 내기도 했다. 여동생은 "다른 오빠들은 여동생을 괴롭히는 남자애들이 있으면 뭐라고 해주기도 하는데 우리 오빠는 왜 저러냐?"고도 했다.

아들이 초등학교 6학년 때 여동생은 같은 초등학교 2학년이었는데 여동생이 "계단에서 오빠랑 같은 반 남자아이가 농구공으로 우리 오빠를 때렸어"라고 했다. 아들이 가끔 멍이 들어오는데 아들에게 물어봐도 "몰라"라고만 하였고 제대로 된 대답을 하지 않아서 담임 선생님께 연락을 못 드렸는데 여동생이 목격하고 언제, 어디서 우리 오빠에게 어떻게 했다고 말해주니 명확한 증거와 함께 말한 거라 담임선생님께 연락을 드릴 수 있었다.

그럼에도 그 아이는 "전 아니에요"라고 했는데 "여동생이 봤다"고 했더니 말을 못 했다. 여동생은 어릴 때부터 오빠보다 누나 같고 철이 일찍 든 아이였다. 너무 고맙고 어린 나이의 아이에게 짐을 지운 거 같아 미안한 마음이 들어서 마음이 무겁다. 어쩔 수 없이 오빠와 한 학교에 다녀야 하는 부담감이 있었을 텐데 잘 견뎌준 여동생에게 감사한 마음이다. 여러 가지 일들을 겪으면서 아들은 고등학생이 되었고 여동생은 중학생이 되었을 때 "오빠는 어떤 상태야?"라고 물어보았고 난 "오빠 지능이 일반 평균과 비교해서 살짝 떨어져. 너도 알다시피 말할 때 약간 이해가 안 되고 표현이 안 되지. 그렇다고 장애 등급을 받을 정도는 아니야. 우리 가족이 조금만 도와주면 얼마든지 정상적인 생활을 할 수 있어"라고 했더니 이해하는 눈치였다.

나이는 네 살이나 어리지만 여동생은 오빠에게 동생이고 친구이고 누나이고 학교에서는 보호자 역할을 해주었다. 여동생에게는 참으로 미안하고 감사하다. "우리 오빠는 왜 이래?" 하던 아이가 오빠가 공익을 제대하자 〈명탐정 코난〉의 일본 개봉작을 보겠다며 일본에 혼자 가겠다고 할 때 혼자 일본에 가는 것이 걱정되었던지 기꺼이 동행해 주었다.

비행기랑 숙소를 오빠가 갈 극장 근처로 예약해주었다. 공항에서 오빠를 대신하여 티켓을 발권해주었고 코로나19 검사를 위해 병원을 알아봐서 일본을 다녀와 주었다. 함께 간 일본에서 오빠에게 "오빠, 엄마도 나이 많아서 힘든데도 일하고 있는데 나이를 먹었으면 엄마한테 용돈을 받아 쓰는 게 아니라 오빠 스스로 취직해서 돈을 벌어야지" 했다고 한다. 일본을 다녀온 아들이 "엄마, 동생 ○○가 취직해야 한다고 하네. 취직을 해야 할 거 같아"라고 말했다.

엄마인 내가 말할 때는 잔소리로 들리던 말이 동생이 하니 받아들여지나보다. 일본을 다녀와서 모아놓은 돈을 많이 쓰기도 했지만 아들은 아르바이트를 구하여 작은 돈이지만 벌어서 쓰니 감사할 따름이다.

지금은 나와 남편이 경제 활동을 하고 있으니 아들의 의식주 걱정은 없다. 나랑 함께 거주하면서 내가 해놓은 밥을 같이 먹으면 되고 빨래도 내가 해주면 될 일이다. 하지만 우리 부부가 늙어서 아들을 돌볼 힘이 없어질 때가 걱정이다. 그럴 때를 대비하여 여동생에게 "네가 근처에 살면서 오빠가 잘 지내는지, 누구에게 사기를 당하는 건 아닌지 한 번씩만 들여다봐줘"라고 부탁했다. "알겠어"라고 말해서 다행이다. 심지어 "남자친구에게 오빠 얘기를 했어?"라고 물어보면 "당연히 했지"라고 말한다. 숨길 일도 아니지만 오픈하고 받아들일 수 있는 남자친구를 만나는 모양이다.

셋 다 참 착한 아이들이다. 여동생은 오빠나 가족에 대한 책임감이 강하고 자신이 해야 하는 일이라고 생각하는 듯했다. 어쩌면 부모가 해야 하는 역할을 여동생에게 나누어준 게 아닌가 하는 미안함마저 든다. 오빠가 여러 치료실을 다닐 때 여동생들은 아빠나 할머니가 돌봐주었다.

"너희들이 어렸을 때 오빠에게 신경 쓰느라 할머니에게 너희들 맡겨놓고 다녀서 미안해."

느린 형제를 둔 부모가 힘들게 치료실과 병원을 오가는 걸 알기에 나머지 형제는 어른스러워야 한다고 생각하고 어리광도 덜 부리는 건 아니었는지 모르겠다.

8

나의 바람

    내겐 아이가 셋이다. 느린학습자 아들이 첫째고 여동생이 둘이다. 처음에 나는 세 명의 아이들이 무조건 같이 다녀야 한다고 생각해 항상 같이 다녔다. 그랬더니 서로 질투하기도 하고 속도가 달라서 다툼이 있었고 조금 손이 많이 가는 아들에게 소홀해지기도 했다. 그래서 아이들이 좀 자라서는 따로 시간을 가지기 위해 노력했다. 아들이 고등학교를 졸업하고 어느 날 같이 점심을 먹으면서 "아들, 학교 다니면서 아이들이 무시하고 괴롭혔는데 잘 커줘서 고마워"라고 말하는 순간이 왔다.

    고등학교 졸업장을 받기 위해 엄마가 학교에 가야 한다고 해서 갔을 아들을 생각하니 너무 미안하고 고마웠다. 고등학교 때 학교에 가기 싫다고 했지만 무사히 졸업해준 아들에게 감사의 표시를 하고 싶었다. 그 말에 아들은 기다렸다는 듯이 "엄마, 내가 학교 다니기 얼마나 힘들었는지 알아? 유치원 때도 아이들이 유치원 버스에서 때리고, 학교 다닐 때도 그렇고"라고 했다.

"그래서 고맙다고 하잖아."

그날부터 아들의 푸념은 한동안 계속되었다. 심지어 식당에서 큰소리로 화를 내는 경우도 발생했다. 하지만 부모로서 당연히 아이의 상처받은 마음을 이해해주고 공감해주며 받아주는 게 맞다고 생각했다. 속마음을 표현하지 않던 아이인데 지금이라도 속마음을 표현해주니 다행이다 싶기도 했지만 1년 정도 반복되니 나 또한 스트레스였다.

"아들, 이젠 지나간 얘기는 그만하고 앞으로 어떻게 살지를 생각해 보면 안 될까?"

아들은 다행히 이해해줬다. 지금도 가끔 소통이 안 되거나 아르바이트 면접에서 떨어지고 오는 날은 예전 얘기를 꺼낸다. 아직도 깊은 상처로 남아 있나 보다. 누가 누구를 때리고 무시할 권리가 있는 건 아니다. 그 아이들이 지금이라도 지난 시절 내 아들을 무시하고 때리고 했던 일들을 후회하고 있길, 그렇다면 아들과 내가 받은 상처가 조금은 줄어들 수 있을 거라 생각한다.

아들은 다른 아이들과 다르다. 그 아이들도 다른 아이들과 다르다. 세상에는 여러 종류의 아이가 있다. 그림을 잘 그리는 아이, 태권도를 잘하는 아이, 수학을 잘하는 아이, 별자리를 좋아하는 아이 등 수만, 수천의 성향을 가진 아이들이 있다.

그리고 우리 아들은 너무나 순수하고 착하고 성실한 아이다. 난 항상 두 딸이 "우리 오빠는 왜 이래?"라고 할 때마다 이런 말을 했다.

"세상에는 여러 종류의 아이들이 있고 오빠는 너희가 알다시피 말이 유창하지 않아. 그래서 친구도 없고 사회성도 떨어져. 알바를 구해도 느리니 어려운 일은 하기 힘들어. 그렇다고 네 오빠가 누구를 때리거나 공격하거나 괴롭힌 적은 없지 않니. 난 내 자식이 다른 아이를 괴롭히는 아이가 아니라서 너무나 다행이라고 생각해."

어쩌면 내 위로였는지 모른다. 물론 내 자식이 누구나 알 만한 대학을 나와서 누구나 알 만한 직업을 가지면 얼마나 좋겠냐만은 이루어지지도 않을 일을 기대하면서 내 속을 볶고 내 아들을 닦달하는 만큼 불행한 일이 있을까 싶다. 엄마로서 홀로 그 세찬 비바람을 견뎠어야 할 아이를 생각하면 가슴 아프지만 잘 살아왔고 잘 견뎌왔다고 고맙다고 말하고 싶다.

아들은 사회에 나가야 하는 시기에 있다. 얼마나 더 반복하고 연습하는 시기를 거쳐야 할지 모르겠다. 하지만 좋은 어른들이 있어서 조금 느리고 많이 반복해줘야 하지만 인내심을 갖고 기다려주고 친절하게 설명해준다면 우리 아들도 누구보다 성실하고 책임감 있는 사회 구성원으로 살아갈 수 있지 않을까 하는 기대를 해본다.

더불어 정부에서 법을 만드는 분들이 우리 아이들의 특성을 인지해서 더 심각한 사회 문제로 발전하기 전에 조금의 지원이라도 해줘서 우리 아이들이 학교 생활에서는 물론 사회에 나갔을 때 좀 더 안정적으로 지속성 있게 사회 생활을 이어나갈 수 있기를 바란다. 그 일을 하기 위해 부모인 내가 더 노력해 나갈 것이라고 다짐해 본다.

Q1. 경계선지능과 느린학습자를 혼용해서 쓰고 있는 것 같은데 같은 말인가요? 아니면 달리 쓰는 이유가 있나요?

A1. '느린학습자slow learner'는 교육학에서 사용하는 용어이자 학습 속도가 느린 아이들을 지칭하는 단어로 1973년 김재은 연구에서 처음 등장하였습니다. 지금 사용하고 있는 의미를 내포하기까지 여러 어려움이 있었습니다. 지능지수로 판별하는 병리적·의학적 명칭인 '경계선지능' 대신 완화한 표현으로 사단법인 느린학습자시민회는 이미 기관명에서도 나타나듯 '느린학습자'로 명명해서 사용하고 있습니다. 느린학습사시민회 전신인 "서울시동북권NPO지원센터 '느린학습자 워킹그룹'" 활동을 했던 2017년부터 서울시는 경계선지능인과 함께 느린학습자를 사용하였습니다.

　'경계선지능'은 '경계선 지적 기능Borderline Intellectual Function'을

지칭하며 약어로 'BIF'로 표기합니다. 학술적으로는 국내에서는 2005년 정희정과 이재연 연구[1]를 통해 아동복지 분야에서 거론되었고, 특히 임상심리와 장애복지 분야에서 '웩슬러지능검사Wechsler scale of intelligence, WISC'와 미국정신의학회의 '정신질환 진단 및 통계 편람Diagnostic and Statistical Manual of Mental Disorders, DSM'을 다룰 때 BIF가 등장합니다. 서울시에서 조례를 입안할 때 느린 학습자와 경계선지능인을 놓고 측정 가능한 용어인 경계선지능인을 채택한 이후, 전국 대다수 조례는 경계선지능인을 사용하게 되었습니다.

경계선지능인이라고 명칭하는 순간부터 지능에 초점을 맞추어 부정적 한계점을 보이기에 경계선지능이라는 명칭보다 보다 완화되고 긍정적으로 표현한 느린학습자라는 용어를 사용하길 원한다고 보시면 좋겠습니다.

---

1   정희정·이재연(2005). 경계선지능 아동의 인지적, 행동적 특성. 『아동복지연구』, 3(3), pp.109-124.

Q2. 느린학습자를 고용하는 기업이 따로 있나요? 본문에는 취업 관련 카페 등이 나오는 것 같아 궁금합니다. 그리고 취업을 위한 지원 정책이나 민간에서 마련하고 있는 대안이 있나요?

A2. 느린학습자 범주에 따라 구인 구직 관련 설명이 조금 다를 것 같습니다. 취업 시장에서는 경계선지능인을 '고기능 발달장애인'으로 바라보는 시선도 존재하기 때문에 느린학습자의 취업을 확대해서 살펴보면 다양하지만, 장애인 취업과 연결되어 있어 여기에서는 경계선지능인으로 국한해서 설명하겠습니다. 이재경·오경옥·김수목(2024) 연구[2]에서 경계선지능인 자립을 다루고 있어 추후 참고하면 좋겠습니다. 현재, 느린학습자를 대상으로 대안교육을 제공하는 대안교육기관(대안학교)에서는 졸업 후, 청년이 된 느린학습자를 위해 직업 훈련과 일 경험을 할 수 있는 작업장을 운영하고 있습니다. 대표적인 곳이 고양시 '이루다학교'입니다. 청년을 위한 '이루다, 꿈학교'와 ㈜이루다 'TOYDO' 카페와 스마트스토어를 통한 쿠키 판매로 청년 자

---

2 이재경·오경옥·김수목(2024). 의정부시 경계선지능인 자립을 위한 정책방안 연구. 의정부시 의회·스마트도시문화연구소.

립 기회를 제공하고 있습니다. 서울 영등포에 있는 (사)별의친구들이 운영하는 '서울경계청년센터(前 스타칼리지)'와 자립사업장 '카페별(前 아자라마)', '청년쿠키', '도서출판 별의친구들'이 있고, 영등포에 있는 (재)청소년과사람사랑은 직업훈련공간 스퀘어C카페, 사회적기업 '아주건강한속삭임'과의 연계 취업 훈련을 지원하고 있습니다.

사회적 경제 영역에서는 협동조합 매일매일즐거워가 부산 지하철 역사를 활용한 스마트팜 '올치allchee' 사업을 통해 느린 학습자 청년 자립을 촉진하며 특히 기술 보유와 함께 경계선지능 고용 모델을 제시하고 있는 중요한 기관입니다. 그 외 디자인느긋도 디자인 교육과 작가 연계 전시, 굿즈 판매 등을 통해 느린학습자 자립을 지원하는 예비 사회적기업입니다.

사회복지 영역에서는 동대문종합사회복지관이 경계선지능인 생애주기별 자립 지원을 돕고 있는 가장 대표적인 곳입니다. 청년 경계선지능인 자조모임을 인큐베이팅하여 청년숲협동조합 설립과 자립 일터를 위해 인큐베이팅한 휘카페는 주식회사가 되었고, 청년문간사회적협동조합과 연대하여 청년밥상 문간 슬로우점을 오픈하여 경계선지능인의 자립을 사회적 자원과 연대해서 추진하고 있는 곳입니다.

전국 최초로 경계선지능인의 평생교육을 지원하는 서울특별시 경계선지능인 평생교육 지원센터도 자립 지원을 위해 지방자치단체(예를 들면, 송파구)나 기업과 연계하여 자립에 필요한 훈련과 일 경험을 제공하고 있습니다. 또한 청년재단, 한국장애인고용공단 고용개발원과 밈센터가 업무협약을 통해 2024년 진행한 청년일자리경험사업 "잠재성장청년 채움 프로젝트"는 경계선지능 청년 자립을 실험하는 토대가 될 수 있었습니다.

문화예술 분야에서는 느린학습자 대안예술교육을 하는 예룸예술학교가 한국문화예술교육진흥원 공모사업으로 '예술로 꿈꾸는 예꿈발레단' 운영과 예술교육단체 '예술하는 아이다'의 연극 프로젝트를 통해 2024년 창단한 느린학습자 청년예술단 '아홉 사람, 더하기'까지 느린학습자의 역량에 따른 직종과 직군이 만들어지고 있습니다.

또한 가족이 운영하는 편의점, 카페, 식당 등에 고용되어 경제 활동을 하는 청년들이 있습니다. 가족 고용은 한계점이 분명하기 때문에 다양한 사회 자원과 결합되어야 합니다. 지금은 기업의 선의에 의해 고용되는 형태이지만 제도권 내 지원을 위한 한 발짝을 이제 내디뎠다고 보시면 좋겠습니다. 2025년에는 다각도로 경계선지능인 자립에 관한 움직임이 엿보이기에 우리 모두 힘을 합쳤으면 좋겠습니다.

Q3. 아들을 키우는 가정은 군대 문제가 가장 궁금합니다. 경계선지능인은 진단서나 심리평가보고서 등을 제출하면 면제가 되나요? 그것을 심사하는 절차가 궁금하고, 면제가 안 된다면 공익배정 등 별도의 배려가 있는지 궁금합니다.

A3. 현재 국방부도 느린학습자의 고충과 어려움을 인지하여 신병검사를 진행할 때,「병역판정 신체검사 등 검사규칙」에 따라 질병·심신장애의 정도 및 평가를 수행하면서 인지검사를 강화하고 느린학습자 선별 내용을 포함한 스크리닝을 통해 내부적으로 판별하고 있습니다. 지능지수 71~79로 판정될 경우, 4급 보충역으로 배정되며 확정하기 위해 심리평가보고서와 진단서를 추가 제출하고 있습니다. 또한, 좋은동네연구소 협동조합에서 2020년 진행한 "느린학습자의 병영생활에 관한 사례 연구(서울시동북권NPO지원센터)"를 참고해서 살펴보는 것도 한 방법일 것 같습니다. 자료는 사단법인 느린학습자시민회 홈페이지에서 검색하면 PDF 파일로 다운로드 가능합니다.

Q4. 학령기 아이의 경우 특수학급을 보내는 게 좋은지 일반학급에 두는 게 좋은지 늘 갈등하고 고민하게 되는 것 같습니다. 어떤 것이 더 나은가요? 그리고 특수학급을 신청하면 경계선지능인은 다 들어갈 수가 있나요? 지역별로 교육청별로 좀 다른 느낌이 있는데 왜 그러는지 잘 모르겠습니다. 그리고 특수학급에 들어가려면 절차가 어떻게 되나요?

A4. 특별히 특수학급과 일반학급 중 어느 것이 더 적합하다고 말할 수는 없습니다. 개인차도 있고 학부모의 상황에 따라 다르기 때문입니다. 그러나 일반적으로 느린학습자는 특수학급보다 일반학급에서 아이들과 함께 생활하는 것이 조금 더 낫습니다. 느린학습자는 모방 학습이 가능하기 때문에 일반학급에서 교우들의 행동을 모방하며 배우고 익히는 것들이 사회 생활을 할 때 요긴하기 때문입니다. 경계선지능인은 특수교육을 신청하여도 반려되는 경우가 많아서 행정 소송 중인 부모님들이 계시고, 웩슬러 지능점수가 경계선이라고 하더라도 소항목 점수의 영향도 있어 선정되기 어렵고, 선별 요건과 예산, 특수교육 TO에 여유가 있는 경우에 따라 다르기에 지역별, 교육청별로 다를 수밖에 없습니다.

특수교육대상자는 지역교육청 내 특수교육지원센터에 의뢰

하여 특수교육대상자로 선정되어야 합니다. 특수교육대상자로 선정되어도 학생 특성에 따라 특수반, 부분통합(어려운 교과목만 특수반에서 수업 참여), 완전통합(특수교육대상자이나 일반학습에서 모든 수업 참여)으로 선택 수업을 받게 됩니다. 특수학급에서 생활하는 느린학습자의 경우 중증발달장애학생과 함께 하루 종일 생활함에 따라 장애에 대한 정체성 혼란으로 인한 어려움이 발생할 수 있으며, 제 수준에 맞는 학습을 기대하기 조금 어려운 상황으로 학습적인 부분에서 느린학습자를 양육하는 부모님들은 각개전투처럼 직접 학습을 진행하는 경우도 많습니다.

Q5. 경계선지능인의 경우, 사람을 좋아하는 또는 쉽게 믿는 특성이 있는 것 같은데 그에 비해 사회성이 떨어지고 관계의 어려움이 있는 아이들이라서 연애나 성에 관련한 문제에 걱정이 많습니다. 이런 부분을 아이에게 어떻게 교육해줘야 할까요? 관련 교육을 시켜주는 기관이 있나요? 그리고 남자아이와 여자아이가 다를 것 같은데 어떻게 다르고 어떤 부분을 더 집중해서 교육해주어야 할까요?

A5. 경계선지능인은 타인이 숨긴 의도를 파악하는 '눈치nunchi'가 발

달하지 못한 경우가 많습니다. 그러다 보니 순진하고 사람을 쉽게 믿습니다. 이들은 나쁜 의도를 가지고 접근하는 걸 파악하기보다 좋은 말과 친절에 쉽게 속고, 금방 태도를 바꿔도 말의 저의를 파악하기보다 "좋아한다", "사랑한다" 등 기분 좋은 말을 했다는 이유만으로도 쉽게 속아 가스라이팅gaslighting이나 그루밍grooming에 취약합니다.

눈높이에 맞게 성인지를 포함한 성교육을 일찍부터 정기적으로 반복해서 받는 것이 중요합니다. 특히, 왜곡된 성 관념을 갖지 않도록 지도하는 것이 필요합니다. 다양한 사람들과 만나서 교류하며 상대방의 저의가 숨어 있는지 파악할 수 있는 프로그램에 참여하거나 상황을 겪어보는 기회를 통해 훈련받는 것도 필요합니다. 주변에 평소 솔직한 상담이나 조언을 구할 사람들이 많이 있으면 더욱 좋을 것 같습니다.

경계선지능인을 위한 성교육은 각 지역별 청소년성문화센터, 전국 해바라기센터에 문의 및 신청하시면 맞춤형 성교육을 받을 수 있습니다.

Q6. 아이들이 사회성이 떨어지는 특성 때문에 교우 관계를 맺거나 사람을

사귈 때 상처를 받는 경향이 있습니다. 이런 경험이 반복적으로 이뤄지면서 자존감이 떨어지기도 하고 사람에 대한 불신, 분노로 이어지는 모습을 보기도 합니다. 이럴 때 부모의 양육 태도는 어떠해야 할까요?

A6. 가장 친밀한 관계인 부모와 가족이 든든한 응원자, 지지자가 되어서 우선 정서적인 공감과 교류를 하되, 정확한 사실에 대해서 언제든 이야기를 나누고 알려줄 수 있는 사람이 되어야 합니다. 객관적인 시각을 가지려면 심리적인 안정이 우선되어야 하는데 느린학습자라 시야가 좁더라도 자신의 감정을 충분히 공감받고 이야기를 나누고 나면 자신이 처했던 상황을 보다 객관적으로 볼 수 있는 여유가 생깁니다. 그때 있었던 상황을 이야기 나누고 타인의 감정과 입장을 고려해 생각할 수 있도록 자주 대화를 나누는 것이 좋습니다. 드라마나 매체를 보면서 서로 이야기를 나누고 객관적인 사고를 할 수 있도록 유도하는 것이 느린학습자에게 좋은 훈련 기회입니다. 가족이 제공한 환경 속에서 조금씩 상황을 인지하고 어려움을 극복하는 과정을 통해 스스로 대응하는 힘이 생깁니다. 가장 중요한 것은 가족의 응원과 지지입니다. 그 밖의 친척, 친구 등 다양한 사람들의 격려를 받는다면 더욱 발전 가능성이 높아집니다.

Q7. 경계선 아이들을 위한 지원정책은 학령기뿐만 아니라 생애주기별 맞춤 지원이 필요하다고 생각합니다. 현재 정책적 논의가 어디까지 이뤄지고 있는지 궁금합니다.

A7. 1) 경계선지능과 느린학습자 지원 조례는 전국에 116개로, 경계선지능으로 85개, 느린학습자 31개가 작동 중(2024. 12. 24. 기준)이나 당사자성(느린학습자와 가족)이 나서지 않아 실제 지원 조례를 근거로 한 지원 방안이 모색되거나 작동되는 경우는 40퍼센트 이내입니다. 각 지방자치단체의 정책입안자(시·도의원 또는 시·군·구의원)는 생애주기별 맞춤 지원으로 접근하다 보니 평생교육 중심으로 지원 조례가 제정되었고, 각 지방자치단체(시·도 또는 시·군·구)는 지원 대상자의 목소리가 적극적으로 들릴 때, 비로소 지원하게 됩니다. 특이점으로 현재 제정된 116개의 조례 중 경계선지능 학생 지원을 위한 교육청 지원 조례가 1~2년 사이 15개가 제정되었기에 학령기 부모님들은 경계선지능 학생 지원 조례에 의거하여 지원받을 수 있는 부분은 각 지역별로 상이하기 때문에 해당 지역교육청으로 문의해 보시길 바랍니다.

2) 교육부에서 기초학력보장법에 근거하여 기초학력이 떨어지는 학령기 친구들을 위해 국가기초학력지원센터를 통해 선별 및 연구와 지원 중으로 2023년은 초등학교 교사들을 통해 선별 및 실태조사를 진행하였고, 중학생 선별도구 연구 완료하여 2025년부터 적용 예정으로 알고 있습니다. 느린학습자 지원에 대하여 궁금하신 분들은 각 지역별 기초학력 장학사님들과 학습 종합 클리닉 장학사님에게 문의해 보시길 바랍니다. 그리고 2025년부터 학생맞춤통합지원이 작동된다고 하니 복합성인 경우 지원받을 수 있는 혜택이 있는지 각 학교나 교육청에 문의해 보시기 바랍니다.

3) 상위법 제정은 안 되었고, 복지법안 6개, 평생교육법 1개 경계선지능인 법안이 5개 올라가 있어 심의를 기다리고 있고, 느린학습자 상위법을 만들기 위해 사단법인 느린학습자시민회를 비롯하여 관계 기관 및 단체가 각 영역에서 열심히 노력하고 있습니다.

부록

느린학습자를 위한 기관 및 단체

기관

국가기초학력지원센터

홈페이지 https://k-basics.org

하는 일 전국 경계선지능 및 난독, 기초학력 관련하여 선별 및 지원과 연구, 매뉴얼
제작 등

서울학습도움센터

홈페이지 https://s-iam.sen.go.kr

전화번호 02-399-9057, 02-2282-8338~9

하는 일 서울시교육청 내 경계선지능 및 난독, 진단 및 학습지원, 치유 지원 등

서울시 경계선지능인평생교육지원센터

홈페이지 https://www.sbifc.org

전화번호 02-733-8950

하는 일 서울시 경계선지능 진단 및 평생교육 지원, 직업 연계 등

서울시 한부모가족지원센터(경계선지능 한부모 지원)

홈페이지   https://www.seoulhanbumo.or.kr

전화번호   02-861-3020

하는 일   서울시 경계선지능 한부모 진단 및 사례 관리 등 지원

서울시 노원구경계선지능인평생교육지원센터

홈페이지   https://m.blog.naver.com/PostList.naver?blogId=nowonbifc&tab=1

전화번호   02-933-7253

하는 일   서울시 노원구 경계선지능 진단 및 평생교육 지원, 직업 연계 등

서울시 금천구느린학습자지원센터

전화번호   금천구청 교육지원과 02-2627-2240

하는 일   서울시 금천구 느린학습자(경계선지능) 진단 및 지원 등

인천광역시교육청 기초학력지원센터

홈페이지   https://www.ice-basics.kr

전화번호   예지관 032-540-1403, 평생교육원 032-540-1190

하는 일   인천광역시 교육청 내 느린학습자 및 난독, 진단 및 학습지원, 치료 지원 등

아동권리보장원(경계선지능 아동맞춤형 사례 관리)

홈페이지   https://www.ncrc.or.kr

전화번호   자립지원부 02-6454-8665

하는 일   전국 양육시설(고아원) 내 경계선지능 지원 및 자립 지원 등

전국지역아동센터협의회

홈페이지   https://kaccc.org
             (전국지역아동센터 경계선지능 초등생 지원 '나답게 크는 아이' 사업)
하는 일   지역아동센터 내 느린학습자 발굴 및 진단, 정서사회성 지원

한국청소년개발원 산하 지역별 청소년상담복지센터 외(진단검사 외)

홈페이지   https://www.kyci.or.kr/userSite/cooperation/list.asp
하는 일   만9세부터 24세까지 느린학습자 진단 및 상담 지원 및 연계

한국사회복지관협회(위드업 사업-취약계층 1~3학년 초등생)

홈페이지   https://kaswc.or.kr
하는 일   전국 지역사회복지관협회로서 운영하는 느린학습자 사업 위탁 공모 외

한국학교사회복지사협회(학교 내 사회복지사가 느린학습자 지원)

홈페이지   https://kassw.or.kr/page/s6/s3_1.php
하는 일   학교 내 사회복지사협회로서 다양한 활동하고 있음

국립중앙청소년수련원

홈페이지   https://naver.me/GDE6SdCH
전화번호   041-620-7700
하는 일   청소년 수련시설로서 느린학습자 학령기 가족 캠프 진행 외

서울시 교육복지센터

홈페이지   서울시 강북구 교육복지센터 http://gbeduwelfare.org/
             서울시 도봉구 교육복지센터 https://naver.me/GG86o8Mh
             서울시 서초구 교육복지센터 http://www.damdamcenter.org/html

서울시 성북구 교육복지센터 02-919-9702

하는 일　학교 내 교육복지 경계선지능 학생 지원

경기도 느린학습자 평생교육 지원 21개 시군

(경기도평생교육진흥원 문의 및 경계선지능 및 느린학습자 평생교육지원 조례 제정 시군 직접 문의)

* 느린학습자 프로그램 운영 기관

길음종합사회복지관 http://www.guswc.org/

구로종합사회복지관 krswc@hanmail.net

동대문종합사회복지관 ddmw@communitycenter.or.kr

반포종합사회복지관 https://www.mybanpo.org/

양천구신월종합사회복지관 http://www.sinwc.org/main/main.html

은평구립우리장애인복지관 https://goodwoori.or.kr/main/index.php

정릉종합사회복지관 http://www.jnwelfare.or.kr/index.html

서초유스센터 counsel2388@scy.or.kr

장안종합사회복지관 https://janganwelfare.modoo.at/?link=nqxp9gxf

창동종합사회복지관 https://changdong21.or.kr/main/main.html

화원종합사회복지관 https://hwawon.org/

오산남부종합사회복지관 https://www.ossw.or.kr/?r=home

고양시흰돌종합사회복지관 https://heendol.or.kr/

안산시부곡종합사회복지관 http://www.bugokwelfare.or.kr/

의정부시장암종합사회복지관 https://www.slowlearner.co.kr/

시흥시대야종합사회복지관 https://www.dywelfare.or.kr/

시흥시함현상생종합사회복지관 https://www.sangsaengwc.or.kr/

당진시북부사회복지관 djbw4401@hanmail.net

부산시사직종합사회복지관 https://www.sjcwc.org/

화성시나래울종합사회복지관 https://www.narewul.or.kr/

화성시남부종합사회복지관 https://hsnambu.kr/

참만남아동가족발달센터 https://fem2008.modoo.at/

* 대안학교

인디학교 https://cafe.daum.net/indiagit/48zu/199

예룸예하대안학교 http://www.yeroom.org/

성장학교 별 https://www.fos.or.kr/single-post/

꿈틀대안학교 http://xn--9d0bv0clz7c9fc.com/

후기청소년 대안학교 와플 https://waffle1318.modoo.at/

이루다학교 https://cafe.daum.net/borderlinedisorder

사람사랑나눔학교 https://www.nanumhaekgyo.co.kr/

* 부모 커뮤니티

구로부모커뮤니티 "하랑"

성북부모커뮤니티 "소나기"

춘천부모커뮤니티 "마주봄"

전국느린학습자부모연대 https://m.cafe.naver.com/ca-fe/chiara20

서울시 강북 "아라드림"

서울시 강서 "다꿈이"

서울시 도봉 "느루별"

서울시 동대문 "함께오름"

서울시 중랑 "늘푸른"

강원도 "이음"

경기도 고양시 "이루리"

경기도 부천시 "너나랑"

경기도 안양시 "아올다"

경기도 오산시 "함께우리"

경기도 용인시 "다가감"

경기도 용인시 "차근토닥"

경기도 시흥시 "다움공동체"

경기도 평택시 "솔빛"

경기도 화성시 "늘품"

대구시 "슬로브"

부산시 "아다지오"

부산시 "온자람"

인천시 "늘해랑"

울산시 "날샘"

세종특별자치시 "놀위터"

충북 청주시 "늘품우리"

충북 제천시 "함께"

* 기타 느린학습자 지원단체

느린IN뉴스 https://www.slowlearnernews.org/

농촌돌봄농장 ㈜사탕수수 https://m.blog.naver.com/farmnate/223316802376

올치 http://www.allchee.com/

아이들과 미래재단 https://www.kidsfuture.or.kr/

사단법인 느린소리 https://slowvoice.kr/

사회적협동조합 함께하랑 https://withharang2023.modoo.at/

㈜휘카페 https://hygafe.modoo.at/

피치서가 https://peachmarket.kr/%ed%94%bc%ec%b9%98%ec%84%9c%ea

%b0%80/

한국미혼모지원네트워크 https://kumsn.org/

청년문간사회적협동조합 https://youthmungan.com/

씨앗티움공동체 http://seedtium.org/

청년숲협동조합 https://cafe.naver.com/theyoungforest

느린학습자(경계선지능)를 이해하는 데 도움이 될 만한 책

도서명	저자	출판사
느린학습자의 심리와 교육	박현숙 역	학지사
경계선지능을 가진 아이들	박찬선, 장세희	이담북스
케이크를 자르지 못하는 아이들	미야구치 코지	인플루엔셜
느린학습자의 공부	박찬선	이담북스
경계선지능과 부모	박찬선	이담북스
느린학습자 인지 훈련프로그램 외	박현숙	학지사
경계선 지능 아동의 정서사회성	정하나, 유선미, 김지연, 임행정, 정혜경, 허성희	이담북스
다루기 힘든 아이들	미야구치 코지	리드리드출판
느린학습자 정서·사회성 훈련프로그램	박현숙	학지사
느린학습자의 문해력	박찬선	학교도서저널
함께 걷는 느린학습자의 학교생활	이보람	이담북스
정육면체를 그리지 못하는 아이들	미야구치 코지	이담북스
아동의 ADHD, 경계선 지능, 상실과 애도 (아동양육시설 실무자를 위한 가이드북)	정은진, 최은정 외	리얼러닝
경계선 지능 아동청소년의 이해와 교육지원	김동일	학지사
경계선 지능 아동을 위한 인지학습 프로그램	백현주, 이승미 외	배움의 숲
경계선 지능 청년의 정책 소외실태 및 정책 개발	박광옥	한국청소년정책연구원
느린학습자를 위한 생활기획력 향상 프로그램	이루다학교 교육 운영팀	윤성사
웩슬러지능 검사의 치료 및 교육적 활용	노경란	학지사

사단법인 느린학습자시민회

사단법인 느린학습자시민회는 경계선 지적 기능(70~84 DSM-4 기준 borderline intellectual functioning)과 그와 유사한 특성으로 사회적 상황에서 어려움을 겪는 사람들로 천천히 배우는 그들의 특성에 따라 병리적·의학적 용어가 아닌 느린학습자라 명명하여 활동하고 있습니다.

사단법인 느린학습자시민회는 느림이 개인의 특성으로 사회에서 인정받고,
느린학습자의 생애주기별 어려움을 같이 고민하고,
근원적 불평등 제거 및 사각지대 해소와 느린학습자가 다양성으로 존중받을 수 있도록,
사회통합에 기여하고자 느린학습자의 부모, 시민활동가, 사회복지사, 연구자들이 모여 느린학습자 당사자가 자신의 권리와 삶을 온전히 누리길 염원하며 느린학습자의 이름으로 사회적 변화를 만들기 위해 설립하였습니다.

전화번호 02-928-2021
이메일 slowlearners@naver.com
블로그 https://naver.me/IDoDaYPt
홈페이지 https://naver.me/FaSrRuo7
카페 https://naver.me/FVP4GjD1

느린학습자의 이름으로 만드는 사회변화에 여러분의 마음을 모아 사단법인 느린학습자시민회의 후원자가 되어주세요.
직접 후원 국민은행 016701-04-167459 (사단법인 느린학습자시민회)

나는
경계선지능
아이를
키우는
엄마입니다

초판 1쇄 인쇄 · 2025년 3월 7일
초판 1쇄 발행 · 2025년 3월 14일

지은이 · 김선재 · 조미현 · 김미리 · 정혜경
기획위원 · 송연숙 · 김명호 · 박희영
펴낸이 · 천정한
펴낸곳 · 도서출판 정한책방

출판등록 · 2019년 4월 10일 제446-251002019000036호.
주소 · 충북 괴산군 청천면 청천10길 4
전화 · 070-7724-4005
팩스 · 02-6971-8784
블로그 · http://blog.naver.com/junghanbooks
이메일 · junghanbooks@naver.com

ISBN 979-11-991627-0-9 (03810)